Affaire Pélican à Miami

ISBN 978-2-36834-084-4

« Loi n° 49-956 du 16 juillet 1949 sur les publications destinées à la jeunesse, modifiée par la loi n° 2011-525 du 17 mai 2011. »

LOCUS-SOLUS. FR

Christine Le Dérout

Affaire Pélican à Miami

Illustrations originales
de Joël Legars

LOCUS SOLUS

Julien
Théo
Jeanne
Ian
Vincent

Chapitre 1

Le grand voyage

Voilà trois mois que Jeanne, Julien, Théo et Vincent ont reçu l'invitation de Michel Quesneville pour se rendre aux États-Unis. Le célèbre archéologue du Drassm (Département de Recherches Archéologiques Subaquatiques et Sous-marines) leur a promis d'assister à la restitution d'un « trésor » trouvé dans un vieux coffre, dans une ancienne épave. C'est en effet grâce à la débrouillardise des « 4.sets », accompagné d'Ian, un jeune Américain de leur âge, qu'ont pu être arrêtés, l'été précédent sur les côtes bretonnes, les plus grands pilleurs d'épaves de la planète[1]. Avec l'aide de l'inspecteur Philippe Dufour, qui connaît bien les jeunes héros, la police maritime française les a interceptés en flagrant délit. Les malfrats venaient de remonter à la surface un coffre en bois datant de 1912, contenant une trentaine de pierres précieuses et ils s'apprêtaient à disparaître dans la nature avec le magot. Or, ces

1. Cf. le livre *Les Pilleurs d'épaves.*

bijoux appartenaient au lord Ernest Joseph Douglas, un passager du *Titanic*, qui effectuait la traversée de l'Atlantique avec sa femme et ses deux filles en bas âge, dans le but de s'installer aux États-Unis. Le destin en décida autrement : l'homme périt noyé lors de la tragique nuit du 15 avril 1912, où coula le célèbre paquebot de la « White Star Line ». En revanche, sa femme et ses deux filles furent sauvées et restèrent vivre sur le sol américain.

Après enquête, menée conjointement par le ministère des Affaires Maritimes françaises et le gouvernement fédéral, il fut décidé que les bijoux revenaient de plein droit aux descendants du propriétaire de ce coffre. Ces derniers ont été localisés dans l'État de Floride, plus précisément dans la ville de Miami. C'est donc pour remercier nos quatre jeunes aventuriers de leur bravoure que le Drassm les invite en Floride à assister à la cérémonie de remise du coffre dans le courant du mois d'avril.

Aujourd'hui est un jour important pour les 4.sets. À 11 h 50, c'est le décollage pour Miami ! Leurs parents sont venus les accompagner jusqu'à Paris. Les enfants voyageront seuls et seront pris en charge par le personnel de la compagnie aérienne entre Paris et Miami. À l'arrivée, ce sont les parents de leur copain Ian, Bob et Martine Gibson, qui les accueilleront à l'aéroport puis les hébergeront, dans leur maison familiale à Miami.

Les quatre adolescents ont quitté les bancs du collège sous les regards envieux de leurs camarades de classe. Même les professeurs leur ont dit qu'ils avaient de la chance de vivre une si belle aventure, en leur souhaitant de bien profiter de ces deux semaines en Floride. C'est Philippe, le père de Théo, qui conduit le mini-van vers l'aéroport de Roissy-Charles de Gaulle. Les enfants sont surexcités à bord du véhicule. Ils gigotent de toutes parts, se coupent joyeusement la parole et chantent en chœur les refrains des titres qui passent à la radio.

— Vous avez vu la tête des copains quand on leur a dit salut ? demande Théo.

— Oui ! À eux les contrôles de maths et de français et à nous Miami, rétorque Vincent amusé.

— Normal, nous sommes les 4.sets, précise avec fierté Théo.

Philippe remet gentiment les choses au point :

— Au cas où vous l'auriez oublié, à votre retour vous allez récupérer les cours que vous aurez loupés. C'est le contrat que nous avons passé avec le directeur pour qu'il vous laisse déserter le collège pendant deux semaines.

Le van arrive sur le parking de l'aéroport. Les parents chargent les bagages sur les chariots et se dirigent avec les enfants vers le comptoir d'enregistrement.

— Bonjour ! Nos quatre enfants voyagent seuls sur le vol de 11 h 50 pour Miami. Voici les passeports et les billets électroniques, explique la mère de Théo.

L'hôtesse vérifie les passeports, les billets, tapote sur son clavier et imprime quatre cartes d'embarquement. Elle pose sur les bagages des étiquettes autocollantes et actionne le tapis roulant qui emporte les valises vers la soute de l'avion. Puis, elle distribue à chaque enfant une pochette contenant passeport et carte d'embarquement, en disant dans un grand sourire :

— Bienvenue les jeunes ! Vous devez porter cette pochette autour du cou pendant tout le voyage. Une personne va venir vous chercher pour passer les formalités de douane et vous conduira en priorité à bord de l'appareil. Pendant les neuf heures de vol vous serez sous la responsabilité du steward en chef : Yannick. À l'atterrissage, il vous accompagnera jusqu'à Bob et Martine Gibson. Tout est OK ? Pas de question ?

— Merci Mademoiselle, répondent ensemble Christine et les enfants.

— Parfait. Veuillez attendre près du salon de la compagnie. On va venir vous chercher. Bon vol à tous les quatre, dit l'hôtesse tout en pointant du doigt l'endroit exact du rendez-vous.

Un peu plus loin, Vince fixe la pochette autour de son cou et lance :

— On ressemble à des bébés avec leur bavoir !

— Ouais, la honte ! Heureusement que les copains ne nous voient pas...

Le père de Vincent immortalise ce moment en prenant une photo des ados.

— Efface-moi ça, Papa !

— Hé, hé, non... Je garde... Ça peut servir, ricane-t-il.

Arrive le moment des embrassades et des recommandations. C'est la première fois que les enfants quittent le nid familial pour une destination si lointaine. Ce n'est pas toujours rassurant pour les parents, surtout quand il s'agit d'ados comme les 4.sets, avides d'aventure.

— Au fait, est-ce que Philippe Dufour et Michel Quesneville vont voyager à bord du même avion que nous ? se renseigne Julien.

— Non. L'inspecteur et l'archéologue transporteront vers Miami le vieux coffre et sa précieuse cargaison à bord d'un navire de recherche du Drassm. Ils ont souhaité que le coffre arrive sur les terres américaines de la même manière qu'il aurait dû le faire il y a 104 ans, lors de son voyage initial, c'est-à-dire par l'Océan. Le bateau arrivera à Miami une semaine après votre arrivée. Mais les parents d'Ian vous expliqueront tout cela, dit Laurent.

— Oh ! C'est une super idée que le coffre termine son voyage comme il l'a débuté en 1912, lance Jeanne d'un air mélancolique.

— Bon les jeunes, inutile de vous dire de rester prudents... Ne fourrez pas votre nez partout. Si vous avez le moindre doute, rencontrez le moindre problème... prévenez les adultes.

— Comptez sur nous !

— Merci Jeanne. Une dernière chose : pensez à nous envoyer un message dès votre arrivée chez Ian.

— Promis, répond Julien.

Il est l'heure de se séparer, un membre du personnel de la compagnie aérienne vient les chercher pour les accompagner vers la douane. Une dernière bise et les parents regardent à travers les cloisons vitrées leurs ados s'en aller, jusqu'à ce qu'ils disparaissent derrière une porte interdite au public.

Une fois les formalités d'embarquement terminées, nos quatre jeunes sont conduits en priorité à bord de l'appareil sous le regard impatient des autres passagers qui eux doivent faire la queue. Ils sont placés au centre de l'avion. Avant le décollage, un message se fait entendre :

— Mesdames, Messieurs, bonjour ! Bienvenue à bord de cet appareil à destination de Miami. Mon nom est Yannick, je suis votre chef de cabine. Les téléphones portables doivent maintenant être éteints et ce, jusqu'à l'atterrissage. Veuillez attacher et ajuster votre ceinture de sécurité. Au nom de la compagnie, nous vous souhaitons un très bon voyage.

— C'est le steward qui s'occupe de nous, prévient Julien.

Les 4.sets sont très attentifs aux informations données par le chef de cabine. Ils voyagent souvent, mais avec leurs parents d'habitude. Aujourd'hui ils sont seuls et ce n'est pas sans une petite appréhension.

L'avion s'aligne à l'extrémité de la piste, met les gaz au maximum et commence à rouler à vive allure sur le tarmac. Le bruit des moteurs et les vibrations des roues résonnent dans l'habitacle de l'appareil. Les ados regardent défiler le paysage à travers les hublots. Puis, l'avion décolle, direction Miami, direction l'aventure.

— Regardez ! Paris est minuscule vu d'en haut !

— Je ne peux pas regarder, Vince ! Ça me fout la trouille, répond Julien, les mains agrippées aux accoudoirs de son fauteuil.

— Ha ha... Regardez Ju ! Il est blanc comme un cachet, il a le « trouillomètre à zéro » !

— Arrête Jeanne ! Ce n'est pas drôle, se défend-il.

L'avion est en phase de montée. Il grimpe pour atteindre l'altitude de croisière. Pendant plusieurs minutes, ils restent ainsi silencieux, plaqués sur leur siège sous la poussée verticale de l'avion. Vincent sort de son mutisme :

— Waouh, regardez derrière vous... C'est impressionnant ! Les passagers sont en contrebas par rapport à la tête de l'avion.

— Oh... ça fait un drôle d'effet. Vivement qu'il se redresse, dit Théo, pas très rassuré.

— Ha ha... Vous n'avez pas l'air très à l'aise ou je me trompe ? Et ça se dit aventurier, taquine Jeanne, amusée par l'attitude froussarde des garçons.

— Gna gna ! Arrête de te bidonner ce n'est pas drôle, bougonne Julien.

L'appareil se stabilise enfin et vole désormais à l'horizontale. Les voyants lumineux indiquant les consignes de sécurité s'éteignent au-dessus de leur tête. On peut descendre sa tablette, retirer sa ceinture et même se déplacer si on le désire.

— Ouf ! Je me sens mieux, lâche Julien.

— Oui, moi aussi, avoue Théo.

— Mesdames et messieurs, nous allons rapidement vous proposer un déjeuner et vous aurez aussi la possibilité de regarder un film sur vos écrans. Nous vous souhaitons un agréable voyage en notre compagnie, annonce le chef de cabine aux passagers.

— Bonne nouvelle, on va manger, se réjouit Jeanne.

— J'ai hâte de rencontrer la famille de Lord Douglas et de voir à quoi ressemblent des rescapés du *Titanic*.

— Tu plaisantes, Vince ? l'interroge Julien, d'un air ahuri.

— Non, pourquoi ? J'ai plein de questions à leur poser.

Julien, Jeanne et Théo se regardent surpris et éclatent de rire si fort qu'ils attirent sur eux le regard de certains passagers.

— Ben quoi ? Qu'est ce que j'ai dit de drôle ?

— Vince, réfléchis ! lui dit Julien. Quand a sombré le *Titanic* ?

— Le 15 avril 1912, répond fièrement Vincent.

— C'est ça. Et nous sommes en 2016. Alors, ça fait combien d'années qu'il a coulé ?

— Heu… Attends… 10, 50… 104 ans ! annonce-t-il, en comptant sur ses doigts.

— Exactement ! Alors, tu crois que sa femme qui devait avoir 25 ans lors du naufrage est encore vivante en 2017 ? ricane Julien.

— Elle aurait aujourd'hui 129 ans ! Même ses enfants sont décédés, ajoute Théo pour enfoncer le clou sur la grosse erreur de calcul de Vincent.

Celui-ci se rend compte de sa boulette. La honte… Il vient de se ridiculiser devant ses potes. Il va falloir trouver un truc pour redorer mon image, pense-t-il.

Le déjeuner est servi et les quatre amis, affamés, se jettent goulûment sur leur plateau-repas.

— Tout va bien ? interroge Yannick, le chef de cabine qui passe entre les rangées.

— Oui, merci.

— Et qu'est-ce qui vous amène à Miami ?

Jeanne s'empresse :

— Nous venons voir un ami et assister à un événement très spécial et…

Elle reçoit un coup de coude de Julien pour ne pas en dire plus sur la raison de leur voyage. Le transport du coffre doit rester confidentiel leur a-t-on bien précisé à Paris.

— Et quel est cet événement très spécial alors ?

— Euh… C'est une fête d'un copain américain.

— Son anniversaire ! lance Théo pour couper court.

— Mmm… je vois, beau programme ! N'hésitez pas

à m'appeler si vous avez besoin de quoi que ce soit. À tout à l'heure.

— Il est curieux ce mec...

— Tu es trop méfiant, Théo, lui répond Vince.

Après neuf heures de vol et quelques turbulences sans conséquence, Yannick annonce le message tant attendu :

— Mesdames et Messieurs, nous allons atterrir à l'aéroport de Miami dans quelques minutes. Veuillez attacher vos ceintures et relever vos tablettes.

L'avion ralentit et amorce sa descente. Julien et Jeanne observent par le hublot la vue qui s'offre à eux. On aperçoit très distinctement les plages de Miami Beach, les quartiers résidentiels, les autoroutes qui s'entremêlent... Les enfants jubilent devant ce spectacle.

Boum, Boum ! Les roues de l'appareil touchent le sol américain et l'avion file à vive allure en bout de piste. Le bruit des moteurs inversés et la sortie des volets ralentisseurs n'effraient pas les 4.sets. Ils sont aux États-Unis.

« Mesdames et Messieurs, nous voici au Miami International Airport. Il est 15 heures, heure locale, la température est de 28 °C. Veuillez rester assis durant le roulage et jusqu'à l'arrêt de l'appareil. Merci. »

— On y est, on est à Miami, les amis ! s'extasie Théo. Vous vous rendez compte ? À Miami !

— Le rêve américain peut commencer, ajoute Julien.
— Nous sommes « amis, amis à Miami ».
— Waouh... Bien trouvé, Vince ! applaudissent les trois autres.

Chapitre 2

Deux hommes... Six pélicans...

Les passagers s'activent. Ils attrapent leurs bagages de cabine et se dirigent avec hâte vers la porte de sortie où tout le personnel de bord les salue avant de quitter l'appareil. Les ados doivent attendre que l'avion soit vide de tout passager pour sortir à leur tour. Ils sont si impatients.

— Bon ils se grouillent tous de sortir ? J'en ai marre d'attendre ! J'ai hâte de voir la ville, s'impatiente Théo.

— N'oubliez pas de retarder vos montres de 6 heures, prévient Julien, toujours très attentif à ces petits détails. Il est 21 heures en France, mais ici il n'est que 15 heures.

Les 4.sets s'exécutent et mettent leur montre à l'heure locale. Yannick vient chercher nos jeunes voyageurs pour les envoyer effectuer les démarches d'entrée sur le territoire américain.

— Quel plaisir de se dégourdir les jambes après 9 heures enfermés dans l'avion, s'exclame Vince.

— Oui, j'en avais marre de rester assis, ajoute Théo.

Le steward présente les passeports des jeunes ressortissants français à un douanier. Il scrute chaque visage et vérifie que c'est le même que celui qui figure sur le document officiel français. Puis, chacun leur tour, ils passent leur main droite dans une machine qui prend leurs empreintes digitales et se font photographier. Ils sont maintenant fichés aux États-Unis. Le douanier tamponne sur leur passeport l'entrée sur le territoire.

— *Welcome*[2], leur dit-il avec un large sourire.

— *Thank you* ! répondent en chœur les 4.sets.

— Voilà les jeunes : bienvenue à Miami ! s'exclame Yannick. On va maintenant récupérer vos bagages.

Ils arrivent dans la salle où de nombreux carrousels à bagages promènent des valises en boucle fermée sur une dizaine de mètres. Vince s'empare d'un chariot et fait la course jusqu'au tapis n° 9 du vol Paris-Miami avec Théo, Julien et Jeanne assis dessus.

— Yeahhh ! Ça fait du bien de se défouler un peu, lâche Théo.

En voyant les bagages tomber du haut de l'embouchure du carrousel, Vince ne peut s'empêcher une comparaison :

— Oh... On dirait un dragon qui crache nos valises !

— Ha ha ha... Vince et ses blagues à deux balles, taquine le groupe tout fou.

Les 4.sets se dirigent vers la sortie. Ils passent une grande porte et se trouvent face à une foule de personnes

---

2. Bienvenue.

qui cherchent du regard chaque passager qui sort, dans l'espoir d'apercevoir les personnes attendues. Certains brandissent des pancartes avec des noms. Quelqu'un bouscule les premiers rangs, qui s'écartent alors.

— Hey ! Les amis, crie Ian à leur encontre.

— C'est Ian ! s'exclame Jeanne, en montrant du doigt le jeune américain.

— Cool, le mec ! Il est en short, tee-shirt et tongs, s'exclame Théo.

Les ados sont heureux de se retrouver, ils commencent par se serrer la main timidement puis finissent par se prendre dans les bras.

— Vous m'avez manqué depuis l'été dernier.

— J'avais hâte de te revoir, répond Jeanne heureuse. À partir de maintenant, les 5.sets se reforment.

— Je n'arrive pas à croire que nous sommes chez toi, s'exclame Julien.

Pendant que les jeunes se retrouvent, Yannick vérifie l'identité des parents d'Ian.

— Tout est en règle, comme indiqué sur le document officiel, Mr. et Mrs Gibson. Je vais donc vous laisser à vos retrouvailles. Au revoir les enfants ! Bon séjour en Floride, dit le steward avant de tourner les talons et de disparaître dans l'aéroport.

— Vous avez fait bon voyage ? interroge Martine, la mère d'Ian.

— Super ! Mais c'était long, nous avions hâte d'arriver, ronchonne Vincent.

— Allez, direction la maison à Key Biscayne, s'exclame Bob.

Tous sortent de l'aéroport et se dirigent vers le parking où est garé le grand break familial.

— Waouh ! Il fait super chaud, s'étonne Jeanne.

— Bienvenue en Floride ! Ici il fait toujours très bon. Les températures descendent rarement en dessous de 16 °C.

La voiture prend la route qui mène à l'île de Key Biscayne où vivent Ian et sa famille. Bob est américain d'origine, sa femme Martine est bretonne et américaine d'adoption. Ils se sont rencontrés en France lors d'un échange linguistique et ne se sont plus jamais quittés. De leur union sont nés Kylie et Ian. Les Gibson ont choisi de vivre aux États-Unis, mais tous les étés ils viennent passer un mois de vacances en Bretagne, à Concarneau, dans la famille de Martine. Nos quatre aventuriers vont donc passer leurs deux semaines de vacances dans une famille bilingue.

Sur le trajet qui les mène au domicile des Gibson, les 4.sets ouvrent grand leurs yeux. Ce qu'ils voient est tellement différent de la France ! Ils empruntent de larges autoroutes encombrées de voitures. Les panneaux de signalisation sont verts et sur le dernier qu'ils viennent de passer, il était noté *Key Biscayne West 5 miles*. La voiture s'engage sur un pont suspendu au-dessus de l'océan : le *Rickenbacker Causeway* qui relie Miami à l'île de Key Biscayne.

— On roule au-dessus de la mer, s'écrie Julien, impressionné par l'ouvrage.

— La couleur de l'eau est magnifique ! Elle donne envie de se baigner, dit Jeanne.

La voiture retrouve la terre ferme. Sur plusieurs kilomètres, la route est bordée par d'immenses palmiers royaux. Ian fait le guide, fier de montrer son environnement à ses copains :

— Sur la droite, c'est le *Tennis Center*, là où se joue le tournoi Master 1 000 de Miami et à gauche, l'une des plus belles plages de Key Biscayne, Crandon Beach. Tout à l'heure je vous emmènerai sur ma plage préférée, la plage du phare.

— C'est super beau, quelle chance tu as, dit Théo.

Le break arrive dans un quartier résidentiel, puis tourne sur la droite et vient stationner dans l'entrée luxuriante d'une habitation de style floridien : la maison des Gibson.

Ian s'empresse de faire découvrir la superbe demeure. Le salon est spacieux, les murs sont blancs et se marient parfaitement avec le mobilier couleur ébène. La décoration ajoute une touche de vert. Les fenêtres sont de grandes persiennes qui protègent du puissant soleil tropical. Du salon, on aperçoit à l'extérieur une piscine entourée d'une terrasse en bois, protégée par un long patio : la préoccupation principale dans cet État est de se protéger des rayons du soleil. La visite se poursuit à l'étage. Chacun pourrait avoir sa chambre tellement il y a de pièces. Pour autant, Ian a souhaité que tous dorment dans la même pièce.

— Jeanne, tu peux avoir ta chambre si tu préfères ton indépendance, propose Martine.

— Non, non, merci ! Ce sera plus drôle d'être tous ensemble, sourit la jeune fille.

Bob monte donc les bagages dans l'unique chambre des jeunes. Ian leur montre sa chambre et le reste de l'étage : la chambre de sa sœur, le bureau, la salle de gym de ses parents...

— Installez-vous ! Ian va vous donner le code wifi, ainsi vous pourrez joindre vos parents, dit Martine.

— Merci ! On va tout de suite les prévenir de notre arrivée, répond Julien.

Le contact est vite établi et tout le monde est rassuré. Quelques minutes plus tard, les 4.sets sont tellement excités de découvrir ce nouvel environnement, qu'à peine arrivés, les voilà prêts à repartir.

— *Mum*, on va se baigner à la plage du phare !

— Ok, soyez prudents.

— Oui, t'inquiète pas !

Ian a prévu un vélo pour chacun. Ses copains de classe lui en ont prêté pour l'occasion.

— Ils sont stylés tes vélos, dit Théo.

— Oui ce sont des *cruisers*. Faites gaffe, il n'y a pas de frein comme chez vous. Pour freiner on utilise les pédales. C'est du rétropédalage. Vous verrez, on s'y habitue vite.

Tous s'élancent en file indienne derrière Ian.

— À Key Biscayne, c'est très facile de circuler, il y a des pistes cyclables partout.

— C'est génial de pédaler sous cette chaleur, dit Jeanne.

— On a la classe, s'exclame Théo.

Après dix minutes de balade, ils franchissent la porte du parc du phare de Cape Florida.

— C'est sauvage ici ! On se croirait seuls sur une île, constate Julien.

— Oui, c'est le parc naturel de la pointe de l'île. Ici la nature est préservée.

— Ils sont drôles ces petits arbres plantés dans l'eau, fait remarquer Vincent.

— C'est la mangrove, on y voit souvent nager des lamantins[3]. On arrive à la plage du phare. Laissons les vélos ici.

— L'endroit est top ! Il y a plein de tables et de barbecues partout, constate Théo.

— Beaucoup de familles viennent ici le week-end pour des journées pique-nique.

— Aaah... ! Regardez les bestioles qui viennent vers nous ! s'écrie Jeanne, pas rassurée.

— Pas de panique ! Ce sont des ratons laveurs. Ils sont inoffensifs... Ils veulent juste voler ton déjeuner, s'amuse Ian.

Les cinq ados empruntent un sentier sablonneux,

3. Mammifère marin ressemblant à un gros phoque.

entouré de part et d'autre de plantes exotiques, qui les conduit à la plage. Au bout du chemin, un magnifique panorama s'offre à eux. Une mer cristalline et, sur la droite, planté dans les dunes, le plus vieux phare de Floride.

— Waouh... Magnifique ! C'est le paradis, s'exclame Jeanne qui mitraille les lieux à l'aide de son portable.

— C'est mon endroit préféré ! indique Ian avec fierté.

Au même moment, une envolée de pélicans les survolent et viennent se poser sur la mer. À l'exception d'un seul, qui se pose non loin d'eux.

— Oh ! Ils sont impressionnants et rigolos ces oiseaux avec leurs longs becs et leurs courtes pattes palmées, constate Julien.

— Ce sont des pélicans bruns, très communs ici. Quand ils volent, ils sont d'une grande élégance. Ma mère les adore. D'ailleurs, elle est bénévole à la clinique des oiseaux du quartier, informe le jeune floridien.

Jeanne s'approche doucement de celui qui s'est posé sur la plage.

— Ils sont magnifiques.

— Les pélicans sont méfiants. Si tu veux le photographier de près, mets-toi à environ deux mètres de lui, conseille Ian.

Le pélican balance son bec de droite à gauche, de gauche à droite, sans arrêt. Il ne semble pas en forme.

— On dirait qu'il a un truc qui ne va pas, constate Jeanne.

— Oui, quelque chose doit le gêner dans son bec, répond Ian, concentré sur l'animal.

— Peut-être un poisson mal avalé ?

— Je pense plutôt à un hameçon planté dans son bec. Ma mère m'en parle souvent.

— Il doit souffrir.

— Oui ! Et ça l'empêche de se nourrir correctement. Je vais essayer de le secourir.

Ian s'approche délicatement de l'oiseau et le saisit par son long bec. Les trois autres sont en admiration devant la dextérité de leur ami.

— Tu ne lui fais pas mal ? s'inquiète Jeanne.

— Non. À la clinique, ils procèdent de la même manière. Je vais lui faire ouvrir le bec et vérifier si c'est un hameçon qui le blesse.

— *Don't touch it*[4], crie un homme à l'encontre du jeune garçon.

Ian sursaute et se retourne. Un homme d'une vingtaine d'années muni d'une longue perche avec, au bout, un grand filet, se tient devant lui. Il est accompagné par un homme âgé, à la peau noire, qui transporte une grande caisse vide. Le plus jeune fait signe à Ian et Jeanne de déguerpir. Ian obéit, il lâche l'oiseau et recule. Jeanne ne bouge pas et photographie le pélican.

— *No pictures*[5] *!* crie l'homme, menaçant Ian et Jeanne d'un regard agressif.

4. Ne le touche pas !
5. Pas de photos !

Jeanne comprend mal l'anglais... Mais en déduit au ton de sa voix qu'il n'est pas content du tout. L'homme capture le pélican à l'aide de son filet et l'enferme dans une cage. Puis, avant de quitter la plage, il souffle dans un sifflet à ultrason. Les cinq pélicans qui se reposaient sur l'eau s'envolent alors en rythme vers le centre de l'île. Les deux hommes transportent la boîte vers le parking et disparaissent à bord d'un pick-up.

— C'est qui ces mecs ?

— Aucune idée. Je ne les ai jamais vus ici, répond Ian, étonné par cette scène.

— Bon ben... allons nous baigner !

— Bonne idée, Julien ! Le dernier dans l'eau est une poule mouillée, lance Jeanne.

Tous se mettent en maillot de bain en un temps record et sautent à l'eau alors que le soleil se couche.

— Mais, elle est excellente ! dit Théo, agréablement surpris.

— Toujours ! En avril, elle est aux environs de 24 °C et l'été, elle monte jusqu'à 28 °C.

— Ça change de chez nous, avec nos 18°C à tout casser en été ! compare Jeanne.

— C'est Julien la poule mouillée ! annonce Vincent, heureux de ne pas être le dernier.

Chapitre 3

La clinique des pélicans

Après une bonne nuit de sommeil, à six heures du matin, les 4.sets sont déjà debout, la faute au décalage horaire. En France, il est midi. Ian dort toujours, mais pas pour longtemps.

— *You're crazy*[6] ! Vous avez vu l'heure ? ronchonne-t-il, ensommeillé, mettant son oreiller sur sa tête.

— On veut profiter un max de Miami.

— Ok les amis ! souffle Ian, à peine réveillé.

Après s'être habillés rapidement, ils descendent prendre leur petit-déjeuner. Ils sont rejoints par Bob et Kylie, la sœur d'Ian.

— Bien dormi les *Frenchies* ?

— Oui ! On s'est endormis de suite… Le voyage, plus le décalage horaire ont eu raison de nous, explique Julien.

Les 5.sets s'installent autour de la table. Vince, le gourmand de la bande, se lèche les babines à la vue de

6. Vous êtes fous !

l'*american breakfast*[7] où se mélangent le sucré et le salé. On y trouve œufs brouillés au bacon, pancakes, toasts grillés au beurre, yaourts, céréales, jus d'orange et verre de lait.

— Je profite de vous voir tous les cinq pour vous informer du déroulement de la journée de cérémonie de remise du coffre, dit Bob.

— Je suis impatiente de vivre ce moment.

— J'ai reçu un mail de l'archéologue Michel Quesneville m'informant que la cérémonie aura lieu le 15 avril à midi, au domicile d'un des héritiers qui vit dans le quartier de Coral Gable à Miami.

— Oh ! C'est la date anniversaire à laquelle le *Happy Ending* et le *Titanic* ont coulé.

— Exactement, Vince. Cette date n'a pas été choisie au hasard, c'est un symbole.

— Quelle super idée : 104 ans jour pour jour après le naufrage, les héritiers vont récupérer le bien de leurs grand-père et grand-mère, s'émerveille Julien.

— C'est cool que cette tragédie se termine en *happy end*.

— Et grâce à qui, Jeanne ? questionne Théo.

— À nous ! s'écrient les 5.sets.

Toute la tablée rigole de bon cœur. Bob reprend la parole :

— L'arrivée du bateau à Miami est prévue le 8 avril entre 14h et 15h, c'est-à-dire dans deux jours. Le navire

---

7. Petit déjeuner américain.

du Drassm a appareillé du port de Marseille avec les bijoux.

— Ils sont nombreux à bord ?

— J'allais y venir, Jeanne. L'équipage se compose de :

- L'archéologue Michel Quesneville ;
- L'inspecteur Philippe Dufour ;
- 3 policiers de la brigade de police judiciaire ;
- 4 marins expérimentés du Drassm ;
- Un mousse en apprentissage au Drassm.

Théo est excité comme une puce.

— Dans deux jours ils seront là ! Ça va venir vite.

— Nous irons accueillir le bateau à l'entrée du chenal, sur la jetée de South Pier à Miami Beach. *Dad,* tu pourras nous conduire là-bas en fin de matinée ? On mettra les vélos à l'arrière du pick-up. Ainsi, je leur ferai visiter South Beach avant d'aller assister à l'arrivée du bateau.

— Bonne idée ! Vous déjeunerez à Miami Beach ?

— Oui, je vais les emmener manger des burgers au *Diner.*

— Vous verrez, les *Frenchies,* Miami Beach, c'est cool ! lance Kylie.

Ce matin-là, Ian emmène ses amis visiter son club de tennis. Le fameux Crandon Park Tennis Center.

— Je vais vous présenter mon entraîneur et vous faire visiter le complexe.

— Waouh ! C'est sûr, je vais m'acheter un T-shirt du club.

— Pour la frime, Vince ? Moi je suis impatient de visiter le court central.

— Pff ! arrête Théo. On sait tous que le frimeur de la bande c'est toi, répond Vince.

Pour se rendre au *Tennis Center,* Ian emprunte les chemins du parc national de Key Biscayne qui traversent une ligne ininterrompue d'arbres avec de belles feuilles, atteignant presque l'eau. Entre l'eau et les feuilles, un enchevêtrement impénétrable de racines aériennes.

— C'est beau ! On dirait une jungle comme dans les films, dit Jeanne devant ce spectacle naturel.

— Je les reconnais ces petits arbres rigolos. C'est la mangrove, non ?

— Bien vu, Vince ! Et les petits arbres en question sont des palétuviers, les mêmes qu'on a vus à la plage du phare.

Les ados pédalent en admirant cette nature si belle et si différente de celle de Bretagne. Au détour d'un virage, ils aperçoivent une vieille bâtisse en bois de style caribéen. Sur sa devanture, une imposante pancarte attire leur attention. Un logo représente un pélican à l'allure fière et à sa droite figure l'inscription : *Pelican Harbor Seabird Station.* Ils s'arrêtent.

— Qu'est-ce que c'est ? interroge Jeanne.

— C'est la clinique pour pélicans où travaille ma mère. Elle a pour mission de secourir et de prendre soin des pélicans blessés ou orphelins. Une fois guéris, ils sont relâchés dans la nature.

— Oh... J'adorerais visiter cette clinique.

— Pas de soucis, ma mère va nous arranger ça.

Un pick-up passe à vive allure devant eux et se gare sur le parking de la clinique. Théo reconnaît le conducteur.

— Regardez ! L'homme qui descend du véhicule est celui qui a récupéré le pélican hier soir sur la plage.

— Tout s'explique. Le pélican devait être blessé, alors ils sont venus le récupérer sur la plage pour l'apporter se faire soigner ici, pense Ian.

— Quand on viendra visiter la clinique, on leur demandera des nouvelles du pélican.

— Bonne idée, Jeanne. Ce matin on visite le *Tennis Center* et cet après-midi on revient ici. Ça vous va ?

— Génial !

Les ados reprennent leur route pour le *Tennis Center* et passent la matinée à découvrir ce magnifique complexe sportif international. Chaque court est entouré de palmiers ou d'arbustes à fleurs. Même les couleurs mauve et verte du revêtement des courts sont dans le pur style art déco de Miami Beach. Promis, ils reviendront taper la balle.

Comme prévu, après le déjeuner, ils partent visiter la clinique des pélicans. Martine, la mère d'Ian, a téléphoné au centre pour organiser leur visite. Ils seront accueillis par Jenny.

Les 5.sets arrivent devant l'enseigne *Welcome visitors* et se dirigent vers le bureau des entrées.

— *Hi* Jenny !

— *Hello* Ian. Ce sont tes amis français ?

— Oui, je te présente Jeanne, Julien, Théo et Vincent.

— *Welcome to Miami*, répond la femme en arborant un large sourire. Je vais vous faire visiter le centre. Je ne parle pas français alors, Ian, tu me traduiras au fur et à mesure.

Jenny leur fait découvrir les différents coins et recoins de la clinique en leur expliquant le travail quotidien effectué sur les oiseaux.

— Nous recevons chaque année près de 2000 oiseaux et autres animaux sauvages de 128 espèces... Les pélicans peuvent voler 24 heures d'affilée et couvrir 500 km par jour, la plus grande vitesse a été chronométrée à 56 km/h...

La soigneuse leur apprend beaucoup sur les pélicans : leur alimentation, leurs habitudes de vie... Les ados n'en perdent pas une miette et sont captivés par ses explications. La visite se poursuit dans le labo-cuisine. Là, un homme est en train de préparer différentes gamelles de nourriture.

— Je vous présente Jackson, notre homme à tout faire. Il est salarié à la clinique depuis plus de vingt ans. Il est originaire de Martinique et parle français, comme vous.

Les enfants se regardent. C'est le vieil homme qu'ils ont vu sur la plage hier soir. Celui qui portait la caisse avec le jeune homme.

— *Hi !* répond le vieux créole en soulevant sa casquette pour les saluer.

— Bonjour, répondent les jeunes.

Il remet sa casquette sur son crane chauve et reprend son travail, sans chercher à faire la conversation. Le groupe sort de la pièce et poursuit la visite. Ian prend la parole :

— Hier soir, sur la plage du phare, on a vu Jackson et un autre homme capturer un pélican.

— Hier soir, dis-tu ? Oh, tu dois te tromper. Nous n'avons eu aucune entrée de pélicans, répond Jenny.

— Si, hier soir... J'en suis certain, insiste Ian.

— Suivez-moi, je vais vérifier le registre des entrées. Chaque oiseau qui rentre dans le centre est répertorié scrupuleusement dans ce cahier : la date de son arrivée, l'heure, l'espèce et la raison de son admission. Alors, hier soir, dis-tu ? Non, je ne vois aucun pélican d'inscrit.

— Ils étaient deux sur la plage. L'autre homme était jeune, grand et musclé. Il avait les cheveux blonds, décrit Ian.

— Ta description me fait penser à Malcolm. Il est soigneur au centre depuis quelques mois. Je veux en avoir le cœur net. Allons demander à Jackson.

Les ados suivent la femme qui, d'un pas pressé, se dirige vers le lieu de travail du vieil homme.

— Jackson, as-tu ramené un pélican au centre, hier soir ? Les jeunes pensent t'avoir vu avec Malcolm sur la plage du phare en capturer un. J'ai vérifié sur le registre mais je n'ai rien trouvé. Tu as oublié de le noter, peut-être ?

— Non, madame Jenny. Hier, je ne travaillais pas. Vous avez dû vous tromper de personne ! répond l'homme, en s'adressant aux ados, dans un créole que les enfants ont du mal à comprendre.

— Ok, merci Jackson, bonne journée. Vous voyez, vous avez dû le confondre avec quelqu'un d'autre, sans doute des braconniers. Je vais en informer le *ranger*[8].

Avant de laisser les 5.sets, Jenny leur conseille de faire une randonnée en canoë dans la mangrove attenante au refuge. Ainsi, ils auront la chance de croiser de nombreux pélicans et autres espèces d'oiseaux, car les eaux sont très poissonneuses. Les jeunes acceptent cette belle opportunité et remercient la soigneuse pour sa visite très instructive. Puis Jenny retourne à ses occupations.

— Vous en pensez quoi de Jackson ? Pour moi, il ment. Je suis sûr que c'était lui sur la plage hier soir.

— Je suis de ton avis, Théo. Mais pourquoi nous mentir ? C'est louche, interroge Vincent.

— Cette fois les gars, on ne s'en occupe pas. Ce ne sont pas nos affaires.

— Tu as raison Jeanne, allons nous amuser en canoë, répond Vince.

---

8. Aux USA, un ranger est un garde champêtre, un garde forestier ou policier.

Julien et Théo font équipe dans un canoë et Ian, Vincent et Jeanne dans un autre.

— Ça ne vous rappelle pas quelque chose les amis ?

— Si… cet été, aux îles de Glénan ! s'exclame Vince.

— Gagné ! rigole Julien.

Ils pagaient en cadence, à travers la mangrove, et croisent de nombreux pélicans, certains sont posés sur l'eau, ou sur de vieux poteaux en bois, d'autres s'envolent en battant vigoureusement des ailes.

— Ils sont majestueux, j'adore ces oiseaux, s'émerveille Jeanne.

Au loin, ils aperçoivent la silhouette d'un homme enfoncé dans l'eau jusqu'à la poitrine et entouré de six pélicans. Il effectue d'amples mouvements des bras en direction des oiseaux. Les embarcations s'approchent rapidement de la scène. Le bruit du glissement des pagaies dans l'eau amène le dresseur à se retourner dans la direction des ados. Ils s'observent mutuellement.

— C'est le même homme qu'hier, reconnaît Théo au premier coup d'œil.

Le regard menaçant que leur lance le dresseur est très explicite.

— Déguerpissons, propose Vince.

— Oui, rentrons. Apparemment, nous ne sommes pas les bienvenus, constate Julien.

— Ce mec est vraiment antipathique, s'exclame Ian.

Avant le dîner, les cinq amis se regroupent dans leur

chambre. Chacun est allongé sur son lit, le regard fixé au plafond. Seul le vrombissement de la climatisation résonne dans la pièce. Théo brise le silence.

— À mon avis, il y a un truc pas net avec Malcolm et Jackson.

— Oui. Je trouve leur attitude suspecte, répond Julien.

— En même temps... On se fait peut-être des idées. Que pourraient bien faire d'inquiétant deux hommes avec des pélicans ? plaisante Vince.

— Détrompe-toi ! Régulièrement, des braconniers enlèvent des pélicans de leur milieu naturel pour les vendre, explique Ian. Il existe un vrai commerce parallèle. En Chine, ils sont très convoités pour leurs propriétés médicinales. Les *rangers* ont fort à faire pour les protéger.

— Malcolm et Jackson ont dû avoir une discussion à notre sujet. Surtout après l'intervention de Jenny auprès de Jackson.

— Aïe, Julien a raison. Raison de plus pour ne pas mettre notre nez dans leurs affaires, recommande Vince.

— Au contraire ! Si on a le moindre doute, il est de notre devoir de 5.sets d'agir pour sauver les pélicans des griffes de ces gens sans scrupule.

— Je suis d'accord avec Jeanne, répond Ian.

— *Hey, hey !* À table, appelle Martine.

Ils descendent rejoindre Bob, Kylie et Martine. Cette

dernière sert d'appétissants sandwichs poulet-salade, accompagnés d'un verre de lait. Julien, Jeanne, Vince et Théo sont ravis et mangent avec appétit.

— *Mum,* tu connais les soigneurs Malcolm et Jackson qui travaillent à la clinique ?

— Bien sûr. Je connais bien Jackson car il travaille au centre depuis des années. Il est très gentil et serviable. Il travaille beaucoup car il a une fille brillante qui étudie dans une université très coûteuse. Malcolm est arrivé il y a tout juste un an au centre. Il ne parle pas beaucoup, il est secret. Mais il fait du bon boulot auprès des pélicans. Plusieurs fois je l'ai même vu rester après sa journée de travail. Il a dû se prendre d'affection pour six d'entre eux, avec lesquels il passe beaucoup de temps. D'ailleurs, c'est marrant que tu me poses ces questions car Jenny m'a dit que Malcolm est venu lui demander qui vous étiez. Elle lui a répondu que tu étais mon fils, accompagné d'amis.

Zut ! pensent les enfants en fixant Ian avec de gros yeux ronds. Les voilà démasqués. On peut lire sur leurs visages une certaine crainte.

— Comment ça ? interroge Ian inquiet.

— Il y a une heure, j'ai téléphoné à Jenny pour connaître mes horaires pour demain et elle m'a dit avoir passé un bon moment en votre compagnie. Et c'est là qu'elle m'a dit que Malcolm est venu lui demander qui étaient les jeunes sur les canoës.

— Mais, pourquoi elle lui a donné nos identités ?

— Enfin Ian ! Quelle mouche t'a piqué ? Vous avez fait une bêtise ? questionne Bob.

— Absolument pas ! Mais ce n'était pas la peine de lui dire qui j'étais. Je ne le connais pas, ce type.

— Oh ! Mon petit frère n'est pas content. Pauvre chou, Il t'a fait peur le monsieur ?

— Arrête Kylie ! Tu n'es pas drôle !

— Ça suffit les enfants, rouspète Martine.

Après le repas, chacun débarrasse son assiette et ses couverts et s'en va rejoindre ses occupations. Nos cinq amis retournent dans leur chambre pour discuter des déclarations de Martine.

— Malcolm s'est renseigné sur nous, ça craint. Je n'ai pas envie de le croiser à nouveau.

— Laisse tomber, Ian. Nous l'avons vu deux fois par hasard. Au début, il a dû se méfier de nous, mais maintenant qu'il sait qui tu es, il va nous oublier, rassure Julien.

— D'après ta mère, Jackson est un brave type, ça m'a réconforté.

— On doit se faire de fausses idées à leur sujet. On devient méfiants après toutes les aventures que nous avons vécues, explique julien.

— Oublions Malcolm et Jackson ! Dans deux jours on retrouve l'inspecteur Dufour et Quesneville, lance Jeanne, heureuse.

Pelican
Harbor
Seabird

Chapitre 4

L'arrivée du bateau

Mardi 8 avril, 11h. Entre 14h et 15h, le bateau du Drassm arrive dans le port de Miami. Ces deux derniers jours ont filé très vite grâce à des journées bien remplies : plages, parties de tennis et découvertes des environs à vélo.

Bob dépose les cinq vélos dans la benne du pick-up et les ados prennent place à bord du véhicule. Martine leur adresse un au revoir de la main, après leur avoir donné les consignes de prudence.

— Prêts tout le monde ?

— Oui, Bob !

— *So... Let's go*[9] !

La voiture roule en direction de South Beach. Le véhicule passe par l'impressionnant centre d'affaires de Miami avec ses hauts buildings. Puis, ils contournent le complexe American Airline Arena.

— Waouh ! Ce bâtiment est classe.

---

9. Alors, allons-y !

— Tu as un bon flair Théo. C'est le stade des Miami Heat, la meilleure équipe de basket de la NBA.

— Tu n'es pas un peu chauvin, Ian ? plaisante Théo.

— Ce sont les meilleurs ! Quelquefois, je vais voir les matchs avec *Dad*.

— La chance !

Le pick-up emprunte le pont *Mc Arthur Causeway* et passe devant un alignement spectaculaire de gigantesques paquebots de croisière, prêts à embarquer de nouveaux passagers pour voguer vers les Bahamas voisines. La voiture arrive à l'entrée de South Beach.

— Je vous dépose ici.

— Ok, *Dad*. On rentrera en soirée, par le bus.

— Mais... On fera quoi des vélos ? demande Julien.

— En bus ! Regarde, devant chaque bus, il y a un système de porte-vélos qui permet d'en transporter quatre. Donc on prendra deux bus pour rapporter nos vélos à la maison.

— Ian, comme tu es le seul à pouvoir utiliser ton portable, garde-le toujours sur toi. Au moindre problème, appelle-moi. À ce soir les *kids*, amusez-vous bien.

— Merci Monsieur Gibson.

Le groupe regarde le pick-up s'éloigner en saluant Bob.

— Étonnant ! Mon père et ma mère ne m'ont pas trop dit : « Fais attention à ci, fais attention à ça... » D'habitude, ils sont lourds.

— Ils nous font confiance. Ils ont pu juger nos capacités lors des deux dernières affaires, répond fièrement Théo.

— Mouais, répond Julien pas très convaincu.

Ils grimpent sur leurs vélos et pédalent vers l'artère la plus touristique de Miami Beach : Ocean Drive. C'est une longue rue bordée de bars, de restaurants et d'hôtels face à la grande plage de South Beach. L'architecture est typique, tous les bâtiments sont colorés en bleu, rose, vert, mauve…

— C'est féerique ! s'exclame Jeanne, conquise par tant de couleurs.

— C'est Art Deco District. Tout ici à South Beach est comme ça : un style hérité des années 1930.

Ian leur fait remonter tranquillement l'avenue. Au fur et à mesure de leur passage devant les différents bars et restaurants, une nouvelle musique se joue. Un savant mélange de musiques latines : salsa, mambo, samba… La rue est empruntée par de multiples véhicules. On y croise aussi bien des Ferrari qu'un nombre incroyable de skateurs, rollers, vélos, ou autres véhicules loufoques. Le spectacle y est partout, d'où la difficulté pour les Français de rester concentrés sur la circulation. Les trottoirs grouillent d'une population multiethnique, vêtue de manière très libre. Entre la plage et la rue très animée, un grand parc où des personnes font du sport : volleyball, musculation, course à pied… Ian marque un arrêt.

— C'est dément ici, j'adore, s'écrie Théo.

— Bienvenue à Miami Beach, les *Frenchies* ! Le soir ça bouge encore plus.

— Oh ! Regardez, près des Citibike[10]... On dirait Yannick, le steward.

— Tu as raison Julien, c'est lui. Allons lui dire bonjour.

— Bonne idée, Jeanne.

— Salut, Yannick !

— Oh, hello la jeunesse. Les vacances se passent comme vous voulez ?

— Super bien, nous allons retrouver des amis cet après-midi.

— Cool ! Je dois vous laisser... À bientôt, peut-être sur le vol retour ?

Le steward, équipé d'un gros sac à dos, semble pressé et disparaît rapidement à vélo parmi la foule de badauds.

— Il est bizarre, vous ne trouvez pas ? demande Jeanne.

— Ouais, pas très causant le mec.

Les ados s'en vont manger des burgers dans l'un des meilleurs fast-foods de Miami Beach. Ils se régalent de leur repas et partent rejoindre la jetée de South Pier où quelques minutes plus tard va passer le bateau du Drassm.

— Il faut accélérer les gars ! Il est déjà 14h.

— Compte sur moi Ian ! dit Julien en doublant la

10. Vélo en libre-service à Miami.

cadence, grâce à ses longues jambes.

Après dix minutes de course et de suée par cette chaleur, ils arrivent au point de vue appelé South Pier. C'est une sorte d'avancée sur l'eau qui se trouve à l'embouchure du canal menant au port de Miami. Face à eux, l'île de riches résidents : Fisher Island.

— Regardez au large, on aperçoit un bateau. Je crois que c'est lui, on distingue le pavillon français, mais il est encore loin.

— Bien vu Théo. Il sera ici dans une vingtaine de minutes. Allons l'attendre sur la plage, on peut surveiller son arrivée, dit Ian.

— Vous imaginez... Ils viennent de France par l'Océan. Quel long voyage !

— Oui, trop long ! Je préfère largement l'avion, répond Vince.

— N'empêche qu'ils ont réussi à faire terminer au coffre son voyage. Il aura mis 104 ans pour rallier les États-Unis.

— C'est vrai ça, et c'est en partie grâce à qui ? interroge Théo.

— À NOUS ! crient les cinq copains, en se checkant.

— Nous sommes les meilleurs pour démasquer les criminels, lance Théo.

Le bâtiment océanographique français se rapproche de la jetée. Les jeunes retournent se poster à l'endroit stratégique pour saluer les passagers du bateau. Le voilà en approche, à portée de vue et de voix des enfants.

Presque tous les passagers sont sur le pont pour saluer les terres américaines, après dix longs jours en mer. On reconnaît la silhouette rondouillarde de Quesneville et la grande taille fine de l'inspecteur.

— Oh hé... Inspecteur ! crie Jeanne, en effectuant d'amples mouvements circulaires avec les bras.

— Inspecteur ! crient tous en chœur les ados.

— Bonjour les enfants ! répond Philippe Dufour, en faisant un signe de la main.

Quesneville les salue à son tour. Ils semblent heureux d'arriver à bon port.

— On se retrouve au ponton ! À tout de suite, informe Ian en direction du bateau, qui doucement s'éloigne, pour continuer sa navigation vers le port.

Les cinq ados récupèrent leur vélo et suivent le bateau depuis la promenade aménagée qui longe le canal.

Le navire s'amarre sur le ponton réservé aux visiteurs. Les douaniers américains ne vont pas tarder à débarquer à bord, pour vérifier passeports et autorisations. Les ados restent sur le quai à observer les mouvements sur le bateau, en attendant de pouvoir rejoindre l'inspecteur et les autres membres de l'équipage.

— Comment pensez-vous qu'ils vont débarquer le coffre ?

— Aucune idée Vince ! Ils ont peut-être fait appel à des gardes du corps ou à la police ?

— En même temps, personne ne sait que ce bateau transporte un coffre contenant des pierres précieuses, alors pas besoin de prendre mille précautions, répond Théo.

Alors que la douane et un chien renifleur de drogue font leur entrée sur le navire, un vol majestueux de six pélicans attire l'attention de nos jeunes aventuriers. Les oiseaux se posent près du bateau.

— Regardez ces pélicans, on dirait qu'ils sont venus accueillir le bateau.

— Les gars, je vous parie que Jeanne va vouloir en rapporter un en France, ricane Ian.

— Oh, j'adorerais ! répond Jeanne, en filmant la scène à l'aide de son portable. Elle ne capte pas ici mais peut au moins s'en servir pour photographier ou filmer.

Les formalités douanières terminées, les passagers français sont autorisés à débarquer sur la terre ferme. Philippe Dufour fait signe aux jeunes qu'ils peuvent approcher. Ces derniers ne se font pas prier et accourent. On accueille les enfants sur le ponton attenant au bateau et s'ensuit une série d'empoignades et d'embrassades.

— Vous avez fait bon voyage ? interroge Julien.

— Excellent, répond Philippe. Mais je t'avoue être heureux d'arriver enfin sur le plancher des vaches et ce soir de pouvoir dormir dans un lit qui ne tangue pas.

— Les jeunes, laissez-nous quinze minutes pour débarquer nos valises et on va boire un verre tous ensemble au bar du port, propose Michel.

— Génial ! On vous attend sur le quai.

Les ados s'en vont attendre les deux hommes, à l'entrée des pontons. Quand soudain, ils entendent l'inspecteur crier :

— Alerte ! Le coffre est vide ! Les bijoux ont disparu… Que personne ne quitte le navire !

Chapitre 5

Panique à bord

Philippe Dufour est affolé mais retrouve très vite son sang-froid. Il est à bord en tant que responsable de la sécurité, aussi prend-il rapidement l'enquête en main. Il demande expressément aux passagers de ne quitter le navire sous aucun prétexte.

— Les bijoux ne peuvent pas avoir disparu par magie. Il y a trente minutes j'ai effectué un contrôle en présence des douanes américaines et les diamants étaient dans le coffre. Donc ils sont forcément toujours à bord, en conclut l'inspecteur.

— Leur disparition est techniquement impossible. Le bateau n'a pas été approché par un autre navire et les douaniers sont restés sous notre surveillance, ajoute l'archéologue.

Les huit autres passagers ne bougent pas, l'angoisse se lit sur leurs visages. L'inspecteur procède, avec l'aide des gendarmes maritimes qui les accompagnent à bord, à une perquisition complète du navire. Les moindres recoins du bateau sont explorés méticuleusement et les effets personnels de l'équipage fouillés.

Après plus de deux heures de recherche, de la cale au plafond, on dirait qu'un ouragan a dévasté le navire. Les matelas des cabines sont retournés, des morceaux de papier volent jusque dans les couloirs, les vêtements des passagers sont éparpillés sur le plancher des cabines, la cuisine est vidée de ses ustensiles… L'intérieur du bateau ressemble à une scène de cambriolage. Malgré toute cette débauche d'énergie, l'inspecteur reste bredouille : aucune trace des diamants à bord.

Les ados attendent sur le quai et ne perdent pas une miette de l'agitation perceptible sur le bâtiment français.

— C'est une catastrophe, cette disparition ! lance Théo, la tête entre ses deux mains.

— Oui, car la remise du coffre aux héritiers a lieu dans une semaine.

— On dirait que le destin s'acharne sur cette famille. On peut se demander s'ils arriveront un jour à retrouver leurs biens.

— Je suis sûr, Jeanne, que l'inspecteur va retrouver les bijoux, la rassure Julien. J'ai confiance en lui, c'est le meilleur.

— Vous n'avez pas le sentiment que, quoi qu'on fasse, on est toujours embarqués dans de drôles d'aventures ? On vient passer des vacances tranquilles en

Floride chez Ian et *vlan*, nous voilà au centre d'une affaire de disparition de diamants, fait remarquer Vince.

— En tout cas, les amis, si les bijoux ne sont pas retrouvés, je propose qu'on aide secrètement l'inspecteur en menant notre propre enquête.

— Tu peux compter sur nous, Théo ! Nous sommes les 5.sets, disent-ils en se checkant.

— Sauf que moi j'aurais préféré rester tranquille à profiter de la région au lieu de mettre encore une fois ma vie en danger.

— On sait, Vince ! Mais, on a besoin de toi, tu es un membre à part entière de notre équipe, le flatte Julien.

— Je comprends, vous ne pouvez pas vous passer de mon génie... Alors comptez sur mon aide.

— Cool. Nous voilà au complet. Avis à tous les malfrats de Miami... Les 5.sets reprennent du service ! crie Théo, haut et fort.

Sur le bateau, Philippe Dufour passe à la phase deux de l'enquête : l'interrogatoire de chaque membre d'équipage. Il commence par le mousse de 23 ans, embauché récemment par le Drassm. Suivent les quatre marins, fidèles acolytes, depuis vingt ans, de l'archéologue. Ensemble, ils ont parcouru toutes les mers du globe. Vient le tour des trois gendarmes maritimes qui travaillent pour le port de Marseille. Puis, l'inspecteur termine par l'interrogatoire de Michel.

Les interrogés doivent décrire avec exactitude leurs manœuvres et leur position à bord, depuis l'arrivée des douanes sur le navire. Dufour note toutes les informations sur un bloc-notes. Tous prétendent n'avoir rien vu ou entendu.

— Dernier espoir d'obtenir un quelconque indice ou piste : les cinq ados. Je connais bien ces gosses, ce ne sont pas des gamins ordinaires… Ils nous ont suivis visuellement de la jetée de South Pier jusqu'au port. Avec le recul qu'ils avaient sur le bateau, ils ont peut-être vu quelque chose. Je vais les faire venir à bord pour les questionner, explique l'inspecteur à l'équipage.

— C'est vrai, ils sont spéciaux ces enfants, répète Quesneville.

La bande de copains est flattée et reconnaissante envers Philippe Dufour de prendre en considération leurs déclarations. Ils se sentent reconnus, grâce à leurs exploits, dans le monde policier. Les ados montent à bord et restent sans voix devant le bazar de la cabine principale. Face à eux, les huit membres d'équipage les fixent avec la même idée en tête : comment deux personnalités comme Quesneville et Dufour peuvent prêter intérêt aux paroles de cinq gamins de 12 ans ?

— Les jeunes, vous avez dû comprendre la situation. Les bijoux ont disparu du coffre. La situation est invraisemblable. Avez-vous vu, depuis la jetée de South Pier, quelque chose d'anormal ou quelqu'un d'étrange rôder près du bateau ? interroge l'inspecteur.

— Désolé inspecteur, répond Julien, mais nous n'avons vu personne de suspect, de près ou de loin, autour du bateau. Nous sommes restés vous observer tout le temps et aucun de nous cinq n'a vu quoi que ce soit d'étrange ou de suspicieux.

— Excepté la présence de six superbes pélicans, nous n'avons rien vu, ajoute Jeanne.

— Quels pélicans ? demande l'inspecteur

— Ceux-là, désigne Jeanne du doigt. Oh, ils sont repartis, dit-elle penaude.

Sans grande conviction, l'inspecteur note la présence de six pélicans près du navire, au moment de la disparition des bijoux.

Puis, il analyse toutes les informations recueillies lors des entrevues. Il en ressort que tous les membres d'équipage ont approché le coffre à un moment donné pour effectuer leurs tâches à bord. Aucun homme n'est plus suspect qu'un autre, chacun a un très bon alibi. L'affaire se complique. Dufour sait qu'il ne peut pas garder indéfiniment l'équipage à bord. Il a la possibilité de le faire car, à bord, l'équipage est sous l'autorité française, donc la sienne. Mais il prend la décision de débarquer tout le monde.

— Messieurs, la situation est alarmante. Mais malgré une fouille approfondie restée vaine, j'ai décidé de vous laisser débarquer. Toutefois, il vous est interdit de quitter Miami sous peine d'être signalé à la police américaine. Il est dans votre intérêt de coopérer à la bonne marche de l'enquête. Je vous demande une disponibilité constante dans cette affaire. Bonne soirée et à très bientôt.

Les membres d'équipage semblent soulagés de pouvoir quitter le bateau, mais restent très préoccupés par cette disparition. Ils récupèrent leurs affaires personnelles, disséminées au sol des différentes cabines, avant de quitter le navire.

À bord, il ne reste plus que Dufour, Quesneville et les cinq ados. Personne n'ose rompre le silence. L'arrivée du bateau à Miami aurait dû être une fête et pas un cauchemar. Rien de pire ne pouvait arriver.

— Je ne comprends rien à cette histoire. Les bijoux ne peuvent pas s'être envolés par enchantement. Ils sont forcément toujours à bord, s'exclame l'inspecteur.

— Nous avons fouillé partout. On ne peut pas faire plus, à moins de passer le bateau aux rayons X.

— Michel ! Tu viens de me donner une idée, s'écrie l'inspecteur.

Dufour se saisit de son smartphone et passe un appel. Jeanne n'avait jamais vu l'inspecteur dans tous ses états. Elle l'observe, ses traits fatigués et sa barbe de deux jours le font paraître vulnérable. Ce n'est pas le Philippe souriant et sûr de lui que Jeanne connaît. L'inspecteur reprend la parole.

— Une entreprise spécialisée dans la recherche des diamants va venir à bord d'ici deux heures.

— Comment les connais-tu ? demande Quesneville.

— Il y a quelques mois, j'ai lu dans la presse un article les concernant. Leur entreprise travaille essentiellement pour les joailliers qui égarent des pierres précieuses dans leur atelier. Ils ont élaboré une astuce très personnelle, ils vont plonger le bateau dans le noir total et à l'aide d'une lumière led vont passer le navire au peigne fin. Ce procédé a pour caractéristique de faire briller les diamants.

— C'est sûr leur truc ?

— Leur système n'est pas miraculeux mais je tente le tout pour le tout.

— Tu as raison Philippe. Je vais rester attendre avec toi. Ils vont forcément apporter une réponse à cette mystérieuse disparition.

— Je l'espère, Michel. Les enfants, vous pouvez rentrer chez vous. Merci pour votre aide et votre soutien. Je vous informe dès qu'on a des nouvelles : bonnes ou mauvaises.

Les ados saluent les deux hommes et quittent le navire, tristes de cette mésaventure. Ils récupèrent leurs vélos.

— Quelle merdouille !

— Tu peux le dire Théo, la poisse.

— On fait quoi maintenant ? interroge Vince.

— On va se poser quelque part, pour discuter.

— Bonne idée Julien ! Suivez-moi... On va s'acheter des glaces chez mon épicier préféré sur Washington avenue.

— Génial Ian, j'ai faim, s'exclame Vince.

Ils enfourchent leurs vélos et pédalent à vive allure, en file indienne, derrière Ian qui emprunte une grande avenue. Ils arrivent chez le commerçant situé à l'angle d'un carrefour de la 15e rue. C'est une petite épicerie de quartier qui vend de tout, à des prix compétitifs. Ils s'offrent des glaces à la vanille et aux noix de pécan, puis s'installent à l'extérieur de la boutique, sur un banc public à l'ombre d'un grand arbre. La glace a le pouvoir de les consoler un bref instant. Ils se régalent en silence, le regard attiré par le spectacle de la rue.

— Miam, miam... Une vraie tuerie cette glace ! lâche le glouton de la bande.

— C'est dingue, cette histoire... Vous avez remarqué la pagaille à bord du bateau ? Même une chatte n'y aurait pas retrouvé pas ses chatons, déclare Julien.

— Ça montre la détermination de Dufour à retrouver les bijoux.

— Zut... Les gars ! On a oublié d'informer l'inspecteur que nous avons vu Yannick, le steward, ce midi.

— Jeanne a raison. Aucune piste ne doit être négligée, décrète Vince.

— Je ne suis pas certain que le steward soit une piste importante...

— Si nos aventures nous ont appris une chose, c'est bien de nous méfier de tout le monde, dit Julien.

— Hé... À gauche du feu, regardez le piéton ! C'est pas Malcolm ?

— Exact ! Il doit vivre dans le quartier.

Les cinq amis le suivent du regard, sans bouger du banc. Le jeune homme, le visage à moitié caché par la visière de sa casquette aux couleurs des Miami Heat, traverse la rue, poursuit son chemin dans une rue perpendiculaire et pénètre dans une résidence.

— Maintenant, on sait où il vit.

— Allez, on retourne au bateau prévenir l'inspecteur concernant le steward et on rentre à la maison.

— On te suit Ian !

— Visez un peu à droite maintenant... C'est le mousse du bateau. Il semble chercher une adresse, lance Jeanne.

Le jeune marin, papier à la main et chargé comme une mule, s'est arrêté au coin de l'intersection. Il déchiffre le nom des rues sur les immeubles qui l'entourent.

— Tu peux l'aider Ian ?

— *No problem !*

Ils laissent leurs vélos adossés au mur de l'épicerie et empruntent les passages piétons pour rejoindre le mousse.

— Tu cherches une adresse ? Je peux t'aider ? propose Ian souriant.

— Hein... Quoi ? répond le marin surpris, en fixant les ados avec mécontentement.

— Je vis ici, alors je connais bien les rues, explique le jeune américain.

— Non merci ! Je n'ai pas besoin d'aide.

Le marin plante la bande et continue son chemin sans demander son reste. Les ados, surpris par sa réaction, le regardent s'éloigner.

— Pas très sympa, ce mec ! Qu'il se débrouille, lâche Ian vexé.

— Tiens, c'est marrant, il est rentré dans le même immeuble que Malcolm.

— Tu crois qu'ils se connaissent ? interroge Vince

— Impossible ! C'est une coïncidence, rétorque Jeanne.

— Cette coïncidence m'intrigue, j'ai envie d'aller fouiner à l'intérieur de cette résidence.

— Ça ne m'étonne pas de toi, Théo. Mais il serait plus prudent de prévenir l'inspecteur, rétorque Vince.

— On aura l'air de quoi si le marin a juste loué un appartement pour la semaine dans cet immeuble ? Nous devons déranger Philippe uniquement pour lui donner des informations fiables. Allons jeter un rapide coup d'œil et au moindre doute, on le préviendra.

— Théo a raison. On ne peut pas déranger Dufour pour rien. Je suis partante pour aller vérifier si Malcolm et le marin se connaissent. En fonction de notre découverte, on avisera.

— Ça me paraît une sage décision. Mais que va-t-on leur dire si l'un ou l'autre nous surprend ?

— On improvisera le moment venu, répond Théo, prêt à en découdre.

— Je me dévoue pour jouer la sentinelle, en cas de problème, je serai votre arrière. Si vous n'êtes pas revenus d'ici vingt-cinq minutes, je fonce prévenir l'inspecteur.

— Bonne idée, Vince. La résidence se nomme « Hudson Vice » et est située au 340 Alton road, informe Julien, toujours très précautionneux.

— C'est noté, faites gaffe à vous !

— Allez ! On y va... L'aventure reprend, les amis, s'exclame Théo, excité par la mission.

Chapitre 6

Mission Espionnage

Nos quatre détectives sont bloqués à la porte d'entrée de l'immeuble verrouillée par un code.

— Oups ! Nous n'avions pas pensé à cette éventualité.

— Seule solution : attendre que quelqu'un sorte de l'immeuble et placer un objet pour que la porte reste ouverte, explique Théo.

L'attente n'est pas longue, un couple sort de la propriété privée. Ian les accoste :

— *Excuse me, what time is it*[11] ?

Pendant ce temps, en toute discrétion, Jeanne place un caillou dans l'entrebâillement de la porte pour l'empêcher de se verrouiller à nouveau. Ils poussent la porte de l'immeuble et arrivent dans un grand hall au carrelage blanc. Un vieux canapé et deux fauteuils de cuir rouge accueillent les visiteurs. Sur la gauche, une porte vitrée qui mène à la piscine privée de la résidence.

---

11. Excusez-moi, quelle heure est-il ?

— Regardons les noms sur les boîtes aux lettres, dit Théo.

— Zut ! Aucun Malcolm, répond Ian.

— Vous cherchez quelque chose ?

Ils sursautent, se retournent et se retrouvent nez à nez avec une femme de couleur, corpulente, d'une cinquantaine d'années. Elle leur fait face, balai à la main, sourcils froncés. Elle reste là, à les dévisager. Jeanne rompt le silence.

— Euh, bonjour Madame... Mais vous parlez français ? demande-t-elle, étonnée.

— Oui, je suis d'origine haïtienne.

— Ah, d'accord ! Nous recherchons l'appartement d'un ami français lui aussi et d'un homme prénommé Malcolm.

— Je suis la femme de ménage de la résidence. Mais je ne connais pas tout le monde ici, car la plupart des appartements sont loués par des touristes. Je n'ai jamais entendu parler d'un monsieur Malcolm dans l'immeuble.

Julien décrit physiquement les deux hommes.

— Ah, oui ! Il n'y a pas vingt minutes, un jeune français m'a demandé où se trouvait l'appartement 14. Je lui ai répondu qu'il était au premier étage sur la droite. L'autre homme... Jamais vu, répond la dame.

— Savez-vous qui vit au 14 ?

— L'appartement est loué par une entreprise, *Pelican Travel*.

— Merci de votre aide Madame, bonne journée, dit Ian en arborant un joli sourire de politesse.

La femme les salue et traverse le couloir d'en face, balai en main, pour poursuivre son ménage.

— Vous avez entendu le nom de l'entreprise ? Encore une histoire de pélicans, souligne Jeanne. Ils nous poursuivent ces volatiles.

— La femme dit ne pas connaître Malcolm. Pourtant, il est rentré dans l'immeuble quelques minutes avant le marin.

— Oui, étrange… Il a dû passer quand elle était occupée à nettoyer l'un des appartements.

— Venez, on monte jeter un coup d'œil au premier, propose Théo.

Il traverse le couloir et prend l'escalier. Les trois autres lui emboîtent le pas. Ils montent les marches le plus discrètement possible et arrivent sur le palier du premier étage. Devant eux, un couloir de six appartements. Soudain, une porte s'ouvre ! Les quatre amis sont pris au piège, pas le temps de se cacher. Ils ont le sang qui se glace… Fausse alerte ! Un couple de touristes sort de l'appartement 12. Bras dessus, bras dessous, tout sourire, ils s'en vont sans doute flâner en ville, après une belle journée de plage. Ils adressent un « *Good evening* » aux jeunes et disparaissent.

— Waouh… J'ai eu les pétoches ! dit Julien.

— Ouais ! On était faits comme des rats si c'était le marin ou Malcolm qui était sorti.

— Allons espionner à la porte 14, chuchote Théo.

Ils s'approchent de l'appartement et tendent l'oreille. La voix d'un homme se fait entendre, mais ce n'est pas celle du mousse, car la personne parle parfaitement l'anglais. Naturellement, Ian retrouve son rôle de traducteur. Les trois autres s'écartent pour lui laisser toute la place, il colle son oreille à la porte et suit la conversation. Il signifie aux copains, en montrant trois doigts, qu'il entend les voix de trois personnes.

DRING DRING... Ils entendent la sonnerie d'un téléphone. Ian n'arrive pas à suivre la communication, car l'homme s'est éloigné de la porte. Il en profite pour informer Jeanne, Julien et Théo de ce qu'il a entendu, en chuchotant le plus possible.

— Ils sont trois hommes dans l'appartement. Un est américain, le deuxième a un fort accent hispanique et l'autre doit être le marin, car il s'exprime dans un anglais approximatif avec l'accent français. Ils ont parlé de rendez-vous en Martinique dans trois jours... Et d'une cargaison qui s'est envolée vers la destination finale. Ils payeront le prestataire dès réception des colis à bon port.

— Ce sont des malfrats. Les bijoux ont dû être volés sur le bateau par le mousse, en déduit Théo.

— Impossible ! Comment aurait-il procédé pour les sortir du navire ? interroge Jeanne.

— Aucune idée. Nous devons le découvrir, s'exclame Théo, motivé par cette nouvelle enquête.

— Nous voilà encore au centre d'une affaire dangereuse. Nous en avons assez entendu... Déguerpissons d'ici.

— Je suis d'accord avec Julien, dit Jeanne.

— Restons écouter encore un peu... Plus nous en saurons, plus il sera facile d'aider l'inspecteur Dufour dans l'enquête, tente de convaincre Théo.

— Bon, encore deux minutes et on dégage d'ici, adjuge Julien.

Ian retourne épier l'appartement 14. La conversation entre les trois hommes a repris.

— Aïe... ça chauffe pour nous ! Le marin français parle de nous. Il raconte nous avoir surpris tout à l'heure, près de la résidence.

— Zut ! On est repérés, donc en danger, s'exclame Julien.

— Pas croyable ! L'un des deux autres hommes est bien Malcolm car il vient de dire qu'il nous a vus fouiner à la clinique des pélicans de Key Biscayne, raconte Ian.

— Notre mission d'espionnage nous a permis d'identifier deux des trois malfaiteurs, annonce Théo avec fierté.

— On en a assez entendu... Foutons le camp d'ici, ordonne Julien.

— Oui ! Cette histoire sent mauvais et Vince va s'inquiéter de ne pas nous voir revenir.

BIP BIP BIP ! Le portable d'Ian sonne.

— *No... Not now, Mum.*

— Oh non ! Tu aurais dû le mettre en silencieux, s'agace Théo.

Nos quatre enquêteurs quittent la scène d'espionnage sur la pointe des pieds. Trop tard ! La porte de l'appartement 14 s'ouvre subitement et la tête de Malcolm apparaît dans l'entrebâillement. L'homme aperçoit Julien et Ian dévaler les escaliers.

— *The kids !* alerte Malcolm.

Les ados comprennent, qu'ils n'ont pas intérêt à rester traîner et qu'ils doivent filer le plus vite possible, sous peine d'être attrapés par Malcolm et sa bande. Ils fuient la résidence « Hudson Vice » comme des rats quittant un navire en feu.

De l'autre côté de la rue, Vince voit ses copains sortir en trombe et prendre leurs jambes à leur cou pour arriver jusqu'à lui. Ils traversent sans se soucier de la circulation, font signe de la main aux véhicules de s'arrêter. Les automobilistes pilent et klaxonnent. C'est la confusion et la pagaille dans le trafic. La troupe est blême de peur quand elle rejoint enfin Vince et les vélos.

— Vous êtes fous ? Vous avez failli vous faire écraser. Qu'est-ce qui vous arrive les mecs ? Vous étiez longs... Je commençais à flipper.

— Vite ! Décampons d'ici, s'écrie Julien.

— Mais, racontez-moi... Qu'est ce qui se passe ? insiste Vince devant ses amis qui reprennent difficilement leur souffle.

— Le vol des bijoux est un coup monté ! Sûrement organisé par Malcolm, le mousse du Drassm et un autre homme, que nous n'avons pas pu identifier. C'est peut-être Jackson. Nous avons compris leur plan en écoutant secrètement à leur porte. Ils se doutent que nous les avons entendus car ils nous ont surpris...

Pas le temps pour Julien de terminer ses explications... Ils aperçoivent Malcolm et ses acolytes sortir précipitamment du bâtiment. Ces derniers repèrent les cinq jeunes et se mettent à leur poursuite.

— Oh non, pas encore cette situation, lance Vince désespéré.

— Pas le temps de nous lamenter, il faut les semer, crie Théo.

— *Let's go, guys !*

Tous se mettent à pédaler à fond derrière Ian qui connaît les moindres recoins et cachettes possibles de Miami Beach. Lui seul peut les débarrasser de leurs poursuivants. Le jeune américain emprunte de petites ruelles à l'arrière des commerces, perpendiculaires aux grandes avenues. Ils slaloment entre les poubelles malodorantes des restaurants et des hôtels, roulent sur les trottoirs grouillants de badauds et coupent à travers les vastes terrains de sport du Flamingo Park. Ils s'y arrêtent, à l'abri des tribunes de baseball. Julien se retourne, plus aucune trace des poursuivants. Malcolm et son complice ont disparu.

— On a réussi à les semer, affirme Julien.

— Nous allons prendre le bus pour rentrer. Par contre, nous devons laisser nos vélos ici, car on ne va pas prendre le risque de se séparer et de perdre du temps pour les installer sur les porte-vélos.

— Pourquoi ne pas rejoindre l'inspecteur sur le bateau ? demande Vince.

— C'est trop dangereux ! Imagine qu'il n'y soit plus... C'est le premier endroit auquel Malcolm et ses hommes penseront venir nous chercher, explique Ian.

— Il faut prévenir Philippe. On a promis de le faire, si nous avions le moindre problème.

— Tu as raison Jeanne, nous le ferons dès que nous serons en sécurité dans le bus, promet Julien.

— Avec un antivol, nos vélos ne craignent rien ici, nous les récupérerons plus tard. Maintenant, allons à l'arrêt de bus, il est à la sortie du parc, à environ deux cents mètres à pied.

— On te suit.

Le groupe abandonne les vélos et marche vers la sortie de Flamingo Park en restant le plus possible à couvert. Les 5.sets sont sur leurs gardes, à l'affût de toutes personnes suspectes. À l'arrêt de bus, une dizaine de voyageurs attendent l'autobus. Ils décident de rester cachés sous le porche d'une supérette, qui fait face à la station de bus, jusqu'à l'arrivée de celui-ci.

— J'espère qu'il ne va pas tarder, marmonne Vince.

— Quelle histoire ! Nous voilà encore au centre d'une conspiration, déclare Julien

— Vous avez remarqué ? Le troisième homme de la bande de Malcolm n'est pas le vieux Jackson. Mais un homme d'une cinquantaine d'années, petit, mince, d'origine latino.

— Je ne l'ai jamais vu ce mec, répond Ian.

— Planquez-vous les gars ! Yannick, le steward, passe devant l'arrêt de bus.

— Merde ! Il doit aussi faire partie de la bande. Regardez, il nous cherche car il inspecte partout.

— Et voilà le bus, prévient Vince.

— Ok ! Voici, les consignes : dès que le dernier passager est monté à bord, on traverse la rue en courant et on saute dans l'autobus, explique Ian.

— Ouf ! Yannick s'éloigne...

— Allez, on y va les gars ! lance Théo.

Ils détalent à toute vitesse, en direction de l'autobus. Mais le latino de la bande de Malcolm surgit à vélo de la rue voisine. Il aperçoit les ados courir vers le bus. Il accélère sa cadence pour tenter de les rattraper.

— Vite ! Tous dans le bus, on est repérés par un des malfrats, crie Julien.

— Oh non ! lâche Vince désespéré.

L'homme approche dangereusement du bus, toujours à l'arrêt. Il se débarrasse de son vélo, en le jetant sur le bas-côté du trottoir et se met à courir pour pouvoir grimper dans le véhicule. Les jeunes observent impuissants la scène de l'intérieur. Il n'est plus qu'à vingt mètres d'eux. Cette vision leur donne la chair de poule.

— Il... il va réussir à nous rattraper, bafouille Vince.

— Pas si ce foutu bus démarre ! Allez roule, s'impatiente Théo.

TCHISS TCHISS... Les portes se ferment et le bus démarre enfin. Les ados voient leur poursuivant courir derrière, puis s'arrêter net.

— Sauvés ! lance Jeanne, en montrant son poing à la manière d'un champion de tennis venant de marquer un beau point.

Tous lâchent un soupir de soulagement et s'assoient sur les banquettes.

— On a eu chaud ! s'exclame Vince.

— Ouais ! Il n'était pas loin de nous rattraper.

— Le prochain arrêt est celui de Bayside, dans quinze minutes. On y descendra pour changer et prendre la ligne qui dessert mon quartier, explique Ian.

Chapitre 7

Kidnapping

Le bus quitte l'île de Miami Beach en empruntant l'impressionnant pont de Mc Arthur Causeway qui relie l'île au continent. Il laisse derrière lui les buildings de South Beach, le port et les trois malfrats. Les cinq jeunes sont tétanisés par ce qu'ils viennent de vivre. Une fois encore, la curiosité leur a joué un mauvais tour ; le danger semble les poursuivre, où qu'ils aillent.

— Ian, téléphone à Dufour, maintenant que nous sommes en sécurité, demande Julien.

— Je l'appelle tout de suite, dit-il en composant le numéro.

Les ados sont soulagés de mettre Philippe au courant de toute l'affaire. Même Théo, si téméraire d'habitude, préfère être épaulé par des adultes. Toutes les aventures vécues précédemment par les amis se sont déroulées en France, dans des lieux qu'ils connaissaient bien. Ici, les règles du jeu sont différentes, les quatre Bretons sont étrangers à la ville et aux usages et coutumes du pays. De plus, ils maîtrisent mal l'anglais. Ils ne sont donc pas en position de force ici. Heureusement que leur copain Ian est là. Sans lui, ils seraient en bien mauvaise posture.

— Il ne répond pas. Je vais lui laisser un message. « Inspecteur… C'est Ian, rappelez-moi le plus vite possible. C'est urgent ! »

— Grrr, nous avons vraiment la poisse, jusqu'au bout ! Appelle ton père, propose Vince.

— Je le fais dès que nous aurons changé de bus, regardez : on arrive à Bayside.

Ils descendent du bus, non sans appréhension. C'est la foule à la station, car c'est la sortie des bureaux. Le flux de voyageurs va les aider à se camoufler et à passer incognito d'un bus à l'autre. Le monde grouille de partout et les jeunes se fraient péniblement un chemin jusqu'au bus numéro 214 pour Key Biscayne. Le groupe ne lâche pas Ian d'une semelle, quitte à bousculer les passants.

— Voilà notre bus, c'est le plus en retrait de la station, s'écrie Ian avec soulagement.

— Pas trop tôt, cette foule m'étouffe, répond Jeanne.

Subitement, sans comprendre comment, ils se retrouvent encerclés par Malcolm et son complice. Les malfrats ne disent pas un mot, mais les armes qu'ils dissimulent sous leurs chemises valent mieux qu'un long discours.

— Merde ! Nous sommes tombés dans une embuscade, rage Théo.

— On est pris au piège ! s'exclame Ian.

D'un signe de tête, les deux hommes aux regards sévères obligent les 5.sets à les suivre, sans faire d'esclandre. Apeurés, impuissants, les jeunes se mettent en marche, escortés de part et d'autre. Malgré la foule, personne ne remarque leur détresse tant les gens sont affairés. Ils atteignent bientôt une ruelle sombre où est garée une vieille fourgonnette blanche immatriculée à Chicago.

Le complice fouille au corps les cinq ados, sans ménagement, sous la menace du revolver que tient Malcolm. Le truand récupère le portable d'Ian et le balance à l'avant de la fourgonnette.

— *Not my phone*[12] *!* proteste le jeune américain.

Avant qu'ils aient pu réagir, les ados sont empoignés par les épaules et poussés à l'arrière. Le complice de Malcolm leur rit à la figure en dévoilant de vilaines dents, mal plantées et jaunies par la cigarette, avant de fermer brusquement les portes du véhicule.

Les 5.sets se retrouvent dans le noir complet. Cette situation ajoute de l'angoisse aux événements, déjà très alarmants. La camionnette démarre et se met en route.

— Qu'est-ce qu'ils vont nous faire ? Où nous emmènent-ils ? J'ai la frousse, lâche Vince en sanglotant.

---

12. Pas mon téléphone !

— Je n'en sais rien, ils n'ont rien dit, répond Ian, anéanti par tant de péripéties.

— On est seuls ! Nous n'avons plus aucun moyen de prévenir l'inspecteur ou nos parents.

— Restons optimistes, Jeanne ! Philippe a toujours su nous tirer d'affaire, tente de réconforter Julien.

— Mais comment veux-tu qu'il nous retrouve ? Cette fois nous n'avons laissé aucun indice derrière nous qui puisse lui permettre de nous retrouver.

— Je suis de l'avis de Jeanne... On est foutus, ils vont nous achever, s'exclame Vince la gorge serrée.

— Arrêtez, on est cinq et eux deux ! On trouvera bien un moyen pour s'en sortir. Allez les amis, nous ne sommes pas les 5.sets pour rien, s'exclame Théo pour stimuler l'espoir et éviter l'effondrement total de l'équipe.

La chaleur à l'intérieur de la fourgonnette est insupportable. Les cinq ados ruissellent mais finissent par se blottir comme une nichée de chatons pour se réconforter mutuellement.

Après une demi-heure de conduite sur route goudronnée, les secousses et les grincements du véhicule indiquent qu'ils roulent maintenant sur un chemin caillouteux. La camionnette ballotte ses occupants encore vingt bonnes minutes avant de stopper brusquement. **BOUM** ! Les ados se cognent la tête contre la paroi, lors de l'arrêt brutal.

— Aïe ! peste Julien, en se frottant la tête.

— C'est le moment de vérité, *guys*... Quel sort Malcolm et Dents-Jaunes vont nous réserver ?

— On va vite être fixés, répond Jeanne, résignée.

— Moi aussi, j'ai les pétoches. Mon cœur bat tellement vite qu'il va exploser, lâche Julien, terrorisé.

La porte s'ouvre brusquement et laisse entrer la lumière qui vient aveugler les jeunes. Par réflexe, ils portent leurs mains à leur visage, plus pour se protéger des truands que du soleil du soir.

— *Get out*[13] *!* leur crie le complice de Malcolm.

Les ados sortent à la queue leu leu de la camionnette et observent l'endroit qui les entoure. Une vaste étendue marécageuse peuplée d'une multitude d'oiseaux et, en fond sonore, le bruit de milliers de volatiles, d'insectes et de batraciens. Le mystère est levé : les kidnappeurs les ont conduits dans les Everglades. La veille, Ian leur avait montré des photos sur Internet de cette immense zone marécageuse hostile, située au sud de la Floride. Ses eaux sont saumâtres. C'est le principal lieu de nidification d'oiseaux aquatiques d'Amérique du Nord et... le paradis des alligators. La panique envahit les jeunes.

— C'est l'endroit idéal pour nous faire disparaître, sanglote Vince.

— Pire ! Ça pullule d'alligators ici... On va se faire dévorer et personne ne nous retrouvera plus jamais, ajoute Ian.

---

13. Sortez !

— Oh, s'il vous plaît ! Ne nous faites pas de mal, s'écrie Vince en français.

— *Shut up*[14] *!* lui répond sèchement Malcolm.

Les kidnappeurs leur font face. Malcolm s'adresse à eux en anglais. Les jeunes Français ne comprennent pas un mot, si ce n'est que la barrière de la langue est très handicapante. Si seulement ils avaient mieux bossé en cours d'anglais... Par le timbre de voix calme et déterminé de Malcolm, ils en déduisent qu'il doit expliquer des « choses » importantes. Peut-être même qu'il explique ce qui va leur arriver d'ici quelques minutes. Ian écoute attentivement, son visage ne semble pas porter de stigmates d'affolement, ce qui réconforte les autres.

Le malfrat termine son discours, sans un regard pour les Français. Il ordonne à Ian de traduire, très rapidement, ce qu'il vient de dire.

— En gros, il a dit que nous sommes de sales fouineurs. Qu'on mérite une bonne leçon à mettre ainsi notre nez dans les affaires des autres. Il a appris nos exploits dans l'affaire des pilleurs d'épaves et il nous avertit que *lui* ne se laissera pas faire par des gosses. Nous devons lui obéir, sans broncher, et au moindre faux-pas il n'hésitera pas à nous faire taire. À bon entendeur...

— Qu'est ce qu'ils vont faire de nous ? interroge Théo.

---

14. La ferme !

— Il n'a rien dit à ce sujet.

L'hispanique procède de nouveau à une fouille au corps sur les jeunes, pour vérifier qu'ils ne cachent rien sur eux qui pourrait les aider à fuir ou à contacter quelqu'un. Le paquet de chewing-gum et le billet de cinq dollars qu'il trouve dans leurs poches vont rejoindre les cinq sacs à dos à l'arrière du véhicule. Puis il verrouille les portes et se met en marche à travers la végétation luxuriante du marais.

De son revolver, Malcolm fait signe aux ados de suivre son complice. Ils se mettent en route, en file indienne, derrière Dents-Jaunes, Malcolm fermant le cortège.

Chapitre 8

Les Everglades

Ils empruntent un sentier riche d'une végétation tropicale extraordinaire : des palmiers, des cyprès, des caféiers sauvages, des chênes... À leur passage, ils font fuir différentes espèces d'oiseaux, plus majestueux les uns que les autres : ibis, pélicans, flamants, anhingas... La température de l'air a diminué, c'est le temps idéal pour se déplacer dans ce paradis tropical. Cette marche de fin d'après-midi pourrait même s'apparenter à une randonnée au sein du parc des Everglades. S'ils n'étaient pas encadrés par deux hommes armés.

Soudain, en plein cœur de la forêt apparaît, amarré sur la rive du marais, un drôle d'engin à fond plat propulsé par une hélice aérienne : un airboat. L'hydroglisseur est le moyen de transport le mieux adapté aux Everglades, car il permet d'évoluer dans des eaux peu profondes, encombrées par la végétation. Malcolm et son complice poussent les ados à bord de l'embarcation. Julien est empoigné et embarqué plus violemment que les autres. Il tombe à terre et son épaule heurte le siège métallique de l'airboat. Jeanne se précipite pour aider son ami et ne peut retenir sa colère devant tant d'agressivité.

— Mais… Vous êtes fou !

— *Shut up and sit down*[15] ! crie Malcolm, d'un air glacial.

Avant de s'asseoir, Jeanne défie du regard le kidnappeur. Julien se relève, sans blessures, et remercie son amie d'un signe de tête. Ian, Jeanne et Théo s'assoient devant, Julien et Vincent derrière eux. Malcolm est aux commandes de l'airboat sur un siège surélevé. Dents-Jaunes se tient debout, arme au poing, derrière les jeunes qui ne bronchent pas. Ils préfèrent la mettre en sourdine, de peur d'énerver les deux hommes et d'en subir les conséquences.

— Je vous déconseille de vous échapper en vous jetant à l'eau, car vous seriez immédiatement dévorés par les alligators, leur annonce Malcolm en anglais, sur un ton ironique.

Ian traduit instantanément les propos du malfrat.

— À choisir entre se faire croquer par un alligator ou se faire tuer par ces pourris… je choisirais bien l'option gros lézard, lance Théo à ses amis.

Malcolm demande à Ian la traduction des propos du jeune Français. Il lui répond que Théo craint les alligators et préfère rester sagement sur l'airboat…

---

15. Fermez-la et asseyez-vous !

Jeanne et ses amis sursautent lorsque Malcolm allume les gaz de l'hydroglisseur. Un immense raffut se fait entendre. Le moteur d'avion dont est équipé l'airboat est très bruyant. Tous les oiseaux à proximité s'envolent, effrayés par le bruit de l'engin. Nos jeunes prisonniers ne sont pas au bout de leurs surprises. Dans un premier temps, l'embarcation glisse doucement sur l'eau à travers la végétation, puis prend de la vitesse… et file, de plus en plus vite, en se redressant tel un hors-bord et en effectuant des virages en épingle à cheveux dans des gerbes d'eau.

— **AHHHH** ! crient les ados, ballottés d'un bord puis de l'autre.

La vitesse élevée décoiffe. L'airboat passe à travers une étendue de roseaux à toute vitesse… Les plantes se couchent sous le fond plat de l'embarcation. Sur cet engin, la navigation à grande vitesse est impressionnante. Nos jeunes otages n'arrivent pas à s'agripper aux sièges car ils ont besoin de leurs mains pour protéger leurs tympans du bruit tonitruant du moteur. Les 5.sets reçoivent en pleine figure des éclaboussures d'eau et de boue. Enfin, l'airboat ralentit pour se frayer un passage à travers les racines enchevêtrées des palétuviers.

— Là, regardez, des alligators ! crie Vince, impressionné par la taille des reptiles.

— Waouh ! C'est la première fois que j'en vois en vrai et d'aussi près.

— Ne parle pas trop fort Julien ! Sinon, tu risques de leur servir de repas.

Les alligators paressent nonchalamment sur les berges des *hamrocks,* ces nombreux petits îlots très boisés des Everglades.

— Oh non ! Regardez, on accoste sur l'île des alligators, fait remarquer Jeanne.

— Ils abondent dans cette région. Alors que ce soit ici ou ailleurs... ça ne change rien, explique Ian.

Les truands cadenassent l'airboat à une chaîne fixée à un poteau, le poussent à couvert sous les palétuviers et font descendre leurs prisonniers sur l'îlot. Le soleil commence à se coucher, la luminosité a diminué d'un seul coup. Dents-Jaunes fait avancer la troupe jusqu'à un bosquet de palmiers derrière lequel se trouve une vieille cabane en bois. Il s'arrête et prend la parole.

— Dans cette région hostile, cette île sera votre salut. Vous resterez ici tant que nos affaires ne seront pas terminées. En fonction de votre coopération, on avisera de votre sort. Un conseil, restez tranquilles, ne faites pas de scandale si vous tenez à votre vie. Vous trouverez à l'intérieur du cabanon des couchages, à manger et à boire pour quelques jours. Vous êtes libres, vous pouvez essayer de fuir... C'est à vos risques et périls. Car vos gardiens... sont autour de vous ! ricane l'homme en regardant les alligators. Bonne soirée ! finit-il par dire, narquois, avant de disparaître avec Malcolm, à l'intérieur de la cabane.

Ian traduit le discours à ses amis.

— Donc, voilà notre prison dorée, s'exclame Jeanne, en observant autour d'elle.

— Venez ! On va explorer l'îlot.

— On te suit, Théo.

Les prisonniers s'aventurent dans la végétation luxuriante du petit morceau de terre posé sur l'eau. Rien à signaler à part la présence de multiples oiseaux, moustiques, insectes et essences de plantes. Les alligators sont partout. Les cinq jeunes se retrouvent vite à leur point de départ, car l'îlot est minuscule.

— Aucun moyen de fuite, on est encerclés par les marais et les bestioles.

— Ainsi immobiles, on dirait que des faux alligators.

— Détrompe-toi, Jeanne, ils sont réels et redoutables.

— Les moustiques semblent plus féroces que les gros lézards, s'exclame Théo en tapant, agacé, sur plusieurs insectes posés sur son bras.

— Tu n'as pas tort, les hommes ont plus à craindre des quarante-trois espèces de moustiques qui existent dans les Everglades que des alligators, explique Ian en connaissance de cause.

Les amis décident de rester dehors pour discuter à l'abri des oreilles indiscrètes de leurs kidnappeurs. Ian donne quelques explications :

— À l'école, les *rangers* sont venus nous apprendre les règles de sécurité à tenir face aux alligators. La distance minimale conseillée est de trois mètres. En dessous, ils peuvent nous surprendre. Nous pouvons nous asseoir ici, mais face à eux pour surveiller leurs moindres mouvements.

Les ados s'assoient en rang serré. Le spectacle que leur offre la nature est splendide. Les hérons blancs et les pélicans se tiennent à l'affût, prêts à fondre sur les poissons. Le tout sur fond sonore de milliers de chants d'oiseaux, de coassements de grenouilles, de vrombissements d'insectes, de tortues d'eau qui plongent...

— Il doit être 20h... À cette heure-ci mes parents et Philippe doivent se soucier de nous.

— Oui ! Et aucune chance qu'ils nous retrouvent ici, répond Vince, pessimiste.

— Cette affaire de bijoux volés est un vrai casse-tête. On a les réponses à certaines questions, sans en comprendre le sens. Pour subtiliser les pierres précieuses, les malfrats ont utilisé un mode de fonctionnement très énigmatique.

— Examinons les éléments en notre possession et posons-nous les bonnes questions, propose Julien en pur tacticien.

• 1 Les bijoux ont disparu. Comment ?

• 2 Qui sont les voleurs ?

• 3 Qui est le commanditaire de l'affaire ?

• 4 Où et comment vont transiter les bijoux ?

On sait qu'ils ont disparu sur le bateau à son arrivée au port de Miami et juste après le passage des douanes. De quelle manière ? On n'en sait rien. Mais on est certains que le jeune marin du Drassm est dans le coup. On connaît l'identité d'une partie des voleurs : Malcolm, Dents-Jaunes, le mousse, Jackson et Yannick le steward. Un véritable gang organisé.

— Faut dire qu'il y a un sacré magot à se partager dans ce coffre, rappelle Jeanne.

— Oui ! En écoutant à la porte de leur appartement, Ian a entendu que les bijoux allaient arriver dans trois jours en Martinique.

— Exact ! J'ai aussi entendu les malfrats dire que la cargaison s'était envolée une heure auparavant vers sa destination finale. Et le Français a ajouté que le prestataire serait payé quand les colis arriveraient à bon port.

— Donc on peut penser que le commanditaire du vol est le mousse ? demande Julien.

— Ce serait logique car lui seul savait ce que transportait le bateau français au départ de Marseille.

— Restent deux questions à élucider :

• Comment ont-ils procédé pour sortir les bijoux du bateau, à l'insu de tout l'équipage ?

• Comment vont-ils les faire voyager jusqu'en Martinique ?

— La première question est un vrai mystère. Pour la deuxième, ils ont dit « s'envoler », donc par avion, suggère Théo.

— Cela expliquerait le rôle du steward dans cette affaire. En voilà un qui a l'habitude des vols internationaux, non ?

— C'est vrai, réplique Théo, mais quelque chose ne colle pas : le rôle de Malcolm et Dents-Jaunes là-dedans...

— Et si on allait les épier dans le cabanon, histoire d'essayer d'en savoir plus ? propose Julien.

— On n'a rien à perdre, répond Ian, nous sommes prisonniers... Alors, allons-y !

Ian, Théo et Julien partent en mission d'espionnage, Jeanne et Vince restent les attendre. Le trio s'approche à pas de velours du cabanon. Pareil à ce matin, Ian tend l'oreille et observe les deux hommes à travers les fissures de la cabane. Il entend des bribes de conversations.

— Alors ? chuchote Théo.

— J'ai compris qu'ils veulent passer la nuit ici en attendant que les choses se calment... Oh, merde !

— Qu'est-ce qui se passe ? s'inquiète Julien.

— C'est horrible... Ils vont nous abandonner ici, demain à l'aube ! s'emporte Ian un peu trop fort.

— Tu es sûr de ce que tu as entendu ?

— Oui ! Ils ont dit qu'ils en avaient ras le bol de nous, depuis le début nous sommes dans leurs pattes : sur la plage, à la clinique du centre, puis à la résidence, trop c'est trop...

— On est perdus, les mecs !

— Maintenant, ils parlent dans un langage crypté de plusieurs « colis » et de contacts à appeler...

— Bref, ça sent le roussi pour nous, dit Théo dépité.

Le latino semble avoir entendu une voix, il jette un coup d'œil par la fenêtre et aperçoit Vince et Jeanne assis près du marais. Mais, ne voyant pas les trois autres, il comprend que quelque chose ne va pas. Il fait signe à Malcolm de faire semblant de continuer la conversation, puis il sort discrètement par la porte d'entrée et aperçoit les trois garçons, dont Ian l'oreille collée au cabanon.

— Je vous y prends, sales gosses !

Il empoigne Julien et le malmène.

— Lâchez-le, sale brute ! s'écrie Théo en essayant de frapper l'homme.

Ian s'agrippe à l'hispanique pour lui faire lâcher prise. **PAN ! PAN !** Malcolm tire deux coups de revolver en l'air pour calmer tout le monde. Jeanne et Vince accourent.

— Salaud ! lâche Théo de rage.

Malcolm ordonne à Ian de traduire. Il s'exécute avec ironie :

— Il dit qu'il a eu la frousse de sa vie.

Les deux sbires les menacent de les jeter aux alligators à la prochaine échauffourée et leur font signe de déguerpir. Les 5.sets, assommés, retournent se poster près du marais. Julien raconte aux deux autres ce qu'Ian a entendu.

Théo se prend la tête dans les mains :

— Bon, on n'est pas plus avancés sur ce mystère.

— Et les bijoux vont bientôt quitter le pays, ajoute Ian.

Julien replie les genoux, l'air renfrogné. Vince mâchonne nerveusement une tige de roseau. Un découragement visible s'abat sur la petite troupe, absorbée de pensées bien sombres et de questions sans réponse. Seule Jeanne, tout aussi silencieuse, semble prêter attention à ce qui l'entoure. Elle ne quitte pas des yeux deux bébés pélicans qui évoluent devant elle.

Dodelinant sur leurs pattes, ils tournent autour de leurs parents. Lesquels, à intervalles réguliers, les laissent fouiller dans la volumineuse poche de leur bec. Les petits y attrapent des poissons pour se nourrir avec gourmandise. Ce manège se poursuit un bon moment sous les yeux de Jeanne. Ses sourcils se froncent, elle est concentrée. Tout à coup, son regard s'illumine :

— Mais c'est bien sûr ! s'exclame-t-elle en se frappant le front avec la paume de la main. Je crois que je commence à comprendre leur manège pour faire disparaître les bijoux du bateau sans que personne ne s'en aperçoive !

— Vas-y raconte ! s'impatiente Théo.

— La réponse est devant vous : les pélicans.

— Je ne comprends pas, lâche Julien, interloqué.

— Tout s'explique les gars. Rappelez-vous le premier jour de notre arrivée à Miami : nous avons surpris Malcolm et Jackson sur la plage, en train de récupérer un pélican qui n'avait pas la grande forme. Ensuite, on a aperçu Malcolm lors de notre balade en canoë dans la mangrove, près de la clinique des oiseaux. Il n'avait pas l'air heureux car on le surprenait en pleine manigance. En fait, il doit dresser les pélicans en cachette. Il leur apprend à obéir grâce à un sifflet à ultrason, comme on a l'a vu sur la plage du phare. Quand le bateau est arrivé à Miami, le mousse n'a eu qu'à appeler les pélicans qui étaient près du navire et leur mettre les bijoux dans le gosier. Puis, les oiseaux se sont envolés vers la clinique. Ni vu, ni connu. Ainsi, Malcolm a pu récupérer les pierres sans problème.

— Bravo Jeanne ! félicite toute l'équipe en se tapant dans les mains.

— Mais comment as-tu compris tout ça ? demande Julien curieux.

— C'est simple, je me suis prise d'affection pour les pélicans. Alors dès que j'en vois, je les observe. Pendant que vous discutiez, je regardais les petits attraper des poissons dans la grosse poche de leurs parents... De fil en aiguille, j'ai fait le lien avec les bijoux. Un autre indice m'a interpellée, depuis le début de cette affaire, tout semble lié aux pélicans.

— Comment ça ? interroge Vince.

— Malcolm dresse des pélicans, la clinique, les six pélicans présents lors de la disparition des pierres précieuses, la société de l'appartement 14 s'appelle *Pelican Travel*... ça fait beaucoup de coïncidences, vous ne trouvez pas ?

— Tu es la meilleure, Jeanne ! félicite Théo.

— Grâce à toi on a résolu le plus gros mystère de cette « Affaire Pélican ». Si on résume, le mousse est le commanditaire du vol et il a fait appel à Malcolm pour faire disparaître les bijoux et les faire voyager sans encombre jusqu'en Martinique, peut-être avec Yannick le steward.

— Pourtant rappelez-vous ce que nos deux kidnappeurs ont dit tout à l'heure : « Il y a plusieurs "colis" », donc plusieurs passeurs ?

— Bien sûr ! s'exclame Vince. Ce sont les pélicans qui vont faire transiter les bijoux de Miami à la Martinique.

— Tu crois ? Jenny nous a appris qu'ils sont capables de voler sur de longues distances et c'est vrai qu'ils passent les radars et les douanes sans éveiller les moindres soupçons... Si c'est le cas, alors l'utilisation des pélicans est une idée de génie, reconnaît Julien.

— Nous sommes de vrais pros, se félicite Vince, nous avons réussi à élucider ce vol de pierres précieuses.

— Maintenant il faut trouver un moyen pour prévenir l'inspecteur. Et si j'essayais de passer à la nage d'îlot en îlot ? propose Théo, en s'avançant vers le marais.

— Attention ! Un alligator sur ta droite, s'écrie Ian.

— **HAAAAA**... s'écrie Théo, paniqué.

Il recule instinctivement sur la berge, près de ses amis. Le carnassier prend peur et disparaît très vite dans la végétation du marais, sous le regard effrayé des jeunes aventuriers.

— Houu... J'ai eu chaud !

— Si tu lui avais posé le pied dessus, il n'aurait pas hésité à ne faire qu'une bouchée de toi, informe Ian.

— Grrr ! Ok, laissons tomber cette option, dit Théo.

— On peut fouiller l'airboat, il y a peut-être une VHF[16] dissimulée à bord ? Ou mieux, on peut tenter de le démarrer pour s'échapper d'ici.

— Bonne idée Jeanne, mais soyons prudents, sinon on finira comme dîner aux alligators.

— Ian, tu sais conduire cet engin ? demande Julien.

— Non, c'est très compliqué, il faut être très à l'aise avec les manettes pour réussir à le faire avancer. Et puis, le temps d'allumer le moteur, avec le boucan que ça fait... Malcolm et l'autre seront déjà ici pour nous rattraper.

— C'est trop risqué, s'exclame Julien.

Le groupe s'avance précautionneusement vers l'airboat, en vérifiant que les deux hommes ne peuvent les voir de la cabane.

— Couvrez-moi, je vais jeter un coup d'œil à bord.

Théo fouille les moindres recoins de l'aéroglisseur mais il n'y a rien qui pourrait les aider à fuir ou leur permettre de rentrer en contact avec l'inspecteur Dufour. Il revient bredouille.

— En plus, il est cadenassé avec une chaîne...

— Ils sont trop prudents, se désole Vince.

---

16. Radio à très hautes fréquences utilisée notamment dans l'armée, mais aussi en mer ou dans l'aéronautique.

— Ne vous inquiétez pas, nous arriverons à leur échapper... Ils ne connaissent pas les 5.sets, ajoute Théo.

La nuit tombe sur les Everglades. Il devient dangereux de rester à l'extérieur. Le groupe d'amis capitule et décide d'aller se restaurer et s'abriter dans le cabanon. Ils ouvrent avec méfiance la porte et ne trouvent aucun des deux hommes à l'intérieur. Devant eux, une vaste pièce où sont entreposés du matériel de pêche et des couchages superposés dans un coin et une cuisine de l'autre. Le cabanon est divisé en deux espaces distincts. Malcolm et son complice se sont enfermés dans l'autre partie de la cabane.

— Ouf ! On n'a pas à partager la nuit avec les deux affreux, chuchote Vince rassuré.

— Au fait ! Pas un mot sur l'affaire pélican, car si Malcolm et Dents-Jaunes se rendent compte qu'on a compris toutes leurs manigances... je ne donne pas cher de notre peau. On grignote ce qu'on trouve et on se couche. Demain nous aurons besoin d'avoir toute notre lucidité.

Les quatre acquiescent au plan de Julien. Aucun d'entre eux n'a le cœur de rester éveillé et la journée tumultueuse les a achevés !

La nuit porte conseil...

Chapitre 9

Opérations de recherche

Pendant ce temps, à Miami Beach, l'inspecteur Dufour remercie les hommes venus contrôler le bateau à l'aide de leurs lampes Led. Ils n'ont rien trouvé, les bijoux ne sont plus à bord. Les deux Français sont dépités. Quesneville raccompagne les deux hommes jusqu'au ponton. Au même moment, le portable de Philippe sonne.

— Inspecteur Dufour, j'écoute ! Bonsoir Madame Gibson. Ah non, les enfants ne sont pas ici. Ils ont quitté le bateau vers 16h. Ils ne devraient pas tarder, ils ont dû rester traîner dans le quartier. Prévenez-moi dès qu'ils rentrent. À tout à l'heure.

En raccrochant, il s'aperçoit qu'il a plusieurs messages en attente sur sa messagerie. Il les fait défiler... Puis arrive le message d'Ian : « Inspecteur... C'est Ian, rappelez-moi le plus vite possible. C'est urgent ! »

Immédiatement, il appuie sur « rappeler ». Après plusieurs sonneries, il tombe sur le répondeur et laisse à son tour un message. Le policier informe Quesneville de la situation. Le ton de la voix du jeune américain sur le message inquiète l'inspecteur.

— Cette histoire n'est pas claire... Je commence à connaître ces gamins, je sais de quoi ils sont capables. Et je crains qu'ils ne se soient encore fourrés dans une affaire dangereuse.

— Vous croyez ? Ils sont peut-être juste en retard.

— Possible. Mais il est tard. La mère du gamin m'a dit qu'ils devaient rentrer par le bus, or le dernier vient de passer dans leur quartier. Heureusement, ils ont tellement donné de frayeurs à leurs parents ces derniers temps que cette fois-ci nous avons pris les devants.

— Comment ça ? questionne Michel, curieux.

— Je passe un appel et je t'explique tout. Allô ? Les gamins sont injoignables... Comment ? Où ? Rejoins-moi le plus rapidement possible. Je t'attends à bord.

— Je ne comprends vraiment pas... fait Quesneville.

— Un type est chargé de surveiller les gamins 24h/24. Avec les parents, on a mis au point une surveillance rapprochée. On a fait appel à un agent spécial de ma brigade. Il suit toutes les allées et venues des enfants depuis leur embarquement à Paris. De plus, on a inséré une puce GPS à l'intérieur du téléphone d'Ian. Grâce à ce procédé, on devrait les localiser sans difficulté. Chaque soir, l'agent me fournit un rapport journalier. Il vient de m'informer qu'il les a perdus de vue vers 17 h 15. Il nous rejoint pour plus d'explications.

— Vous allez vite retrouver les gamins grâce à votre ingénieuse idée. Dommage qu'on n'ait pas procédé de la même manière avec les bijoux, dit l'archéologue, défait.

— Oui, et pense bien que je m'en mords les doigts. Tiens, voilà l'agent en question.

— Bonsoir Philippe, dit l'homme.

— Salut Yannick. Je te présente Michel Quesneville, archéologue au Drassm. Michel, voici Yannick, agent de police.

Les deux hommes se serrent la main.

— Alors, que se passe-il ? Où et quand as-tu perdu la trace des gamins ? interroge Dufour.

— Ils se trouvaient à Flamingo Park, près de l'arrêt de bus n° 240. J'ai tourné à vélo sur place pour les repérer... Mais rien. Je ne les ai pas trouvés. Et la batterie du GPS a lâché ! J'ai dû faire trois magasins pour en trouver une de rechange... Elle vient juste de finir de se charger.

— Et maintenant, il indique quoi ton GPS ?

— Justement, c'est ça qui est étrange. Il indique que les enfants sont à 45 km d'ici. Et... le plus alarmant est qu'ils n'ont pas bougé, même pas d'un mètre, depuis trois heures.

— Donne-moi les coordonnées, on va les localiser.

Yannick fournit à l'inspecteur les coordonnées de latitude et longitude correspondant au portable d'Ian et, immédiatement, le convertisseur transforme les chiffres en adresse. Le résultat tombe : en plein milieu du parc des Everglades.

— Aïe, aïe ! Mais que font-ils là-bas ? Au mieux, le portable a été volé, au pire, encore une fois, ils ont dû mettre leur nez de trop près dans une affaire. Dans tous les cas, ce n'est pas bon signe. Les gosses sont prioritaires. Michel, tu peux rentrer. On reste en contact, annonce Philippe.

— Non, je reste vous aider.

— Merci Michel. Il est temps de prévenir et de demander l'aide de la police américaine pour les deux affaires : la disparition des enfants et celle des bijoux, décide l'inspecteur.

Il compose le numéro du Miami Police Department et explique dans un anglais impeccable les faits à l'inspecteur de police, Simon Jefferson. L'inspecteur américain s'occupe en priorité de la disparition des ados et dépêche une voiture de police en reconnaissance à l'adresse indiquée par le GPS. Jefferson et Dufour conviennent de se retrouver au poste de Miami Beach pour poursuivre les recherches ensemble.

Les résultats d'investigation de la patrouille sont communiqués une heure après l'arrivée de Dufour, Yannick et Quesneville au commissariat.

— Le GPS a conduit mes gars jusqu'à une vieille camionnette Chevrolet blanche stationnée au bout d'un chemin caillouteux du parc des Everglades, à environ 15 km de la route principale. Il n'y avait personne à bord, mais nous avons trouvé un téléphone portable sur la tablette avant du véhicule. Après vérification, ce téléphone est bien celui du jeune Ian. À l'arrière, mes hommes ont récupéré cinq sacs à dos. À l'intérieur des affaires personnelles : crème solaire, maillots de bain et un carnet à dessin au prénom de Jeanne.

— Merci Jefferson. Ce sont bien leurs affaires. Ils les avaient avec eux cet après-midi sur le bateau. Quelque chose est arrivé, il faut agir vite. Je connais bien ces gosses, ils sont en danger, s'exclame Dufour.

— Le parc des Everglades est immense, je vous le dis, ils peuvent être n'importe où. Fouiller à l'aveugle reviendrait à chercher une aiguille dans une botte de foin. Il faut procéder de façon méthodique pour mettre toutes les chances de notre côté pour les retrouver.

— Je veux vous aider Jefferson !

— J'y compte bien, votre connaissance des enfants rend notre coopération indispensable.

— Parfait ! Comment allez-vous procéder ?

— Nous allons utiliser quatre drones à infrarouge et quadriller toute la zone autour de la camionnette, sur un rayon de 12 km. Nous piloterons les drones depuis le bureau des *rangers*. Nous explorerons le marais sur leurs conseils. Ils connaissent le parc comme leur poche. Eux seuls sont capables de nous renseigner sur les endroits capables d'accueillir et cacher des gens. De plus, au cas où nous aurions besoin d'intervenir, nous avons leurs airboats à disposition.

— Fantastique !

Dufour présente Yannick au groupe de policiers américains et sa mission depuis Paris. Puis, il explique pourquoi ces cinq ados sont si spéciaux.

— Laissez-moi vous parler des enfants. Il faut savoir qui ils sont pour comprendre leur fonctionnement...

Il leur parle de leur rôle dans l'affaire du complot pendant l'Open de tennis de Quimper et dernièrement dans le démantèlement d'un réseau de pilleurs d'épaves internationaux à Concarneau. Les policiers sont stupéfaits par l'audace de ces gamins.

— Allez, en route ! Les *rangers* et la section spéciale des drones nous attendent sur place pour commencer les recherches. Nous avons environ 45 minutes de trajet jusqu'aux Everglades, nous en profiterons pour essayer de retracer l'itinéraire des enfants sur la journée. Montez avec moi Messieurs, organise Simon Jefferson.

Dufour, Quesneville et Yannick prennent place dans les voitures de police. Ces dernières démarrent à toute vitesse, sirènes hurlantes, et roulent à travers Miami Beach en brûlant les feux rouges. Les touristes s'arrêtent le long des rues pour observer le cortège des quatre berlines blanches équipées de rampes de lumières clignotantes. Pour eux, c'est un spectacle typiquement américain, comme on peut en voir dans les séries. Les voitures quittent Miami Beach par la même route que la camionnette blanche et le bus 240, quelques heures plus tôt. Pendant que les voitures empruntent la Highway 41 en direction des Everglades, les deux inspecteurs tentent de retracer la journée des ados en écoutant les informations de Yannick.

— Jusqu'à leur arrivée au bateau, rien à signaler. Ils se sont baladés et je les ai même croisés dans le parc de South Beach. J'ai été imprudent… J'espère ne pas avoir éveillé leurs soupçons. Avec eux, il faut agir le plus discrètement possible. Ensuite, ils vous ont rejoints au port. Ils sont restés vous observer un bon moment avant de pouvoir monter à bord. Quand ils ont débarqué, ils semblaient accablés par la disparition des bijoux. Ils se sont arrêtés quelques minutes à l'intersection entre la 15e rue et Washington avenue. Après vérification, c'est l'adresse d'un épicier. Puis, ils sont restés un bon moment dans la résidence Hudson Vice au 420, 15th South Beach. Ils en sont sortis en courant et ont emprunté des ruelles sombres et pas toujours très sûres, comme s'ils voulaient semer quelqu'un. Ils étaient sûrement poursuivis mais j'ai perdu leur trace très vite et n'ai pas vu qui ils fuyaient.

— Ian connaît du monde à cette adresse ? interroge Dufour.

— Pas à ma connaissance.

— Je vais me renseigner auprès de ses parents.

Dufour contacte les parents d'Ian et en profite pour leur exposer la situation. Ils sont alarmés, mais confirment qu'ils ne connaissent personne vivant ou travaillant dans l'immeuble de Hudson Vice. Philippe les rassure et leur conseille de rester près de leur téléphone au cas où les enfants appelleraient. Puis, après avoir promis de les tenir au courant de l'évolution de l'affaire, il raccroche.

— Apparemment, ils ne connaissent personne à cette adresse. Ils ont dû suivre quelqu'un qui leur semblait suspect. Mais qui et pourquoi ? s'interroge l'inspecteur.

— Je vais demander à une de mes patrouilles d'aller faire un tour dans cet immeuble et de se renseigner auprès des résidents.

— Bonne idée, Jefferson.

À son tour, le policier américain passe un appel radio à l'une des voitures en patrouille près de la résidence et donne ses ordres. Yannick poursuit son compte rendu.

— J'ai pisté leur trace jusqu'à l'arrêt de bus n° 240, sur Alton Road. J'ai cherché partout, en vain. Ils devaient être cachés et m'observaient de leur cachette. Ils se méfiaient de moi, c'est de ma faute. Quand on s'est vus le matin, j'ai été très bref et sec car j'étais furieux de m'être fait repérer. Alors m'apercevoir à nouveau, à un moment où ils étaient sans doute traqués, les a rendus méfiants. Je suis revenu sur leurs pas et j'ai découvert leurs vélos abandonnés sous les tribunes du terrain de baseball. Ils pouvaient aussi bien être rentrés chez les Gibson par le bus. Et c'est là que mes ennuis ont commencés avec ce fichu GPS, impossible de l'allumer.

— À mon avis les gamins ont dû réussir à prendre leur bus car le message qu'Ian m'a laissé a été envoyé du pont de Mac Arthur Causeway, j'ai vérifié. Donc ils ont dû arriver à la station de Bayside et c'est là que le ou les personnes qui les suivaient les ont rattrapés et enlevés.

— Leur enlèvement a sûrement un lien avec la disparition des bijoux, affirme l'inspecteur Jefferson. À mon avis, les commanditaires font partie de votre entourage, voire des membres de votre équipage.

Les paroles du policier américain glacent le sang des trois Français.

— Hélas, c'est fort possible, laisse échapper Dufour, en expliquant qu'il avait envisagé cette supposition.

Les voitures arrivent dans le parc des Everglades et se garent devant le bâtiment de l'office du tourisme. Les quatre hommes sortent du véhicule et rejoignent les pilotes des drones et les *rangers*, à l'intérieur du bureau, devenu le QG des recherches. Les autres policiers restent en faction dans leurs véhicules, prêts à intervenir en cas de nécessité.

L'inspecteur Jefferson entre dans la pièce et présente les trois Français à l'équipe de recherche. Puis, il prend la parole pour organiser les recherches.

— Bonsoir tout le monde ! Mes hommes vous ont informés de la situation. Nous recherchons cinq ados de 12 ans : un jeune Américain et quatre Français. Les jeunes se connaissent très bien. Les Français ne parlent pas anglais. Nous pensons qu'ils sont détenus dans le marais par un ou plusieurs kidnappeurs. Je prends le commandement des opérations conjointement avec Melissa Jones, responsable des *rangers*.

— Tout le monde est prêt et à son poste, inspecteur.

— Alors ne perdons pas de temps. *Go !* Lancez les recherches, ordonne Jefferson.

L'équipe sort du baraquement pour suivre le décollage des drones. L'allumage des engins ressemble au bruit d'une nuée de bourdons : **Tzzzzzzzz**. Les pilotes sont équipés de radiocommandes pour diriger leurs octocoptères ultra-performants et d'un écran qui leur permet de diriger et voir les images que le drone filme. Chaque drone est équipé d'une caméra à 360° à infrarouge qui permet de filmer de nuit.

À l'intérieur du QG, deux policiers s'occupent de cadrer et d'analyser les prises de vues des engins volants. Ce sont eux qui sont chargés de déceler la présence des enfants. Pas de vent ce soir, les conditions météorologiques sont parfaites. Les uns après les autres, les drones décollent dans des directions différentes et quadrillent des zones de recherche choisies par la cheffe des *rangers*, Melissa Jones. Très rapidement, ils disparaissent dans la nuit, abandonnant derrière eux leurs pilotes. Philippe Dufour s'approche de l'un d'eux, pour visualiser les images en direct sur le moniteur de contrôle.

— Incroyable ! C'est d'une grande précision. On voit les oiseaux, les alligators... Rien n'échappe à l'œil de la caméra.

— *Yes !* C'est du matériel de haute technologie, qui nous permet de passer du regard de l'homme à celui de l'oiseau.

Jefferson est appelé par un de ses agents restés dans son véhicule. Il le rejoint et se saisit de la radio. Il discute environ cinq minutes avant de raccrocher puis demande aux trois Français de le suivre à l'intérieur du bureau des rangers.

— Une de mes patrouilles est allée enquêter dans l'immeuble de Hudson Vice à Miami Beach. Ils ont interrogé des habitants de la résidence et sont tombés sur un couple d'Argentins en vacances qui disent avoir croisé quatre jeunes dans le couloir du premier étage : trois garçons et une fille, vers 16 h 30. Les gamins semblaient apeurés. Le couple les a salués et ils sont partis. À leur retour dans l'immeuble, ils ne les ont pas revus. Plusieurs résidents nous ont parlé d'une femme de ménage qui est présente tous les jours. Elle sait peut-être quelque chose. Mes hommes s'occupent de trouver ses coordonnées pour l'interroger. Ils me rappellent dès qu'ils ont des nouvelles.

— Bon travail, inspecteur. Mais... quatre jeunes, dites-vous ? Je me demande qui est le garçon absent et où il est, interroge Dufour.

— En tout cas, dix minutes plus tôt, les cinq gamins

étaient ensemble car ils ont acheté cinq glaces à l'épicerie. Je suis allé interroger le commerçant, intervient Yannick.

Les heures s'écoulent et toujours aucune trace des enfants. De plus, un des drones a été obligé de stopper ses recherches pour dysfonctionnement de sa caméra, réduisant leurs chances de trouver au plus vite les jeunes disparus. Enfin, à l'aube, un des pilotes repère une cabane à l'est des Everglades, à environ 6 km. Les images du drone montrent un airboat amarré à l'îlot, mal camouflé dans les roseaux. Ce qui confirme la présence d'une ou plusieurs personnes à l'intérieur du cabanon. Tous les policiers se regroupent auprès du pilote et scrutent son moniteur de contrôle.

— C'est la planque idéale pour cacher des gosses, s'exclame Simon Jefferson.

— Oui, mais nous n'avons aucune preuve que les enfants sont à l'intérieur. Ça peut être des pêcheurs ou des braconniers, répond Melissa.

— Si c'étaient des pêcheurs, ils n'auraient pas eu besoin de cacher leur airboat...

— À défaut d'une autre piste, ne laissons pas celle-ci nous échapper.

— Ce n'est pas mon intention inspecteur Dufour, répond Jefferson.

Le policier américain prépare son plan d'attaque :

— Messieurs les pilotes, continuez de chercher tant que je ne vous ai pas ordonné d'arrêter. Agent Blake, appelez-moi le cabinet du procureur pour obtenir un mandat de perquisition visant à fouiller le cabanon. On devrait l'obtenir sur-le-champ, car il est question de disparition de mineurs. Miss Jones, préparez deux airboats, nous partons perquisitionner l'îlot dès réception du mandat. Inspecteur Dufour, Miss Jones et deux agents, vous monterez avec moi sur l'airboat *Alligator One*. Je veux cinq autres agents sur l'airboat *Alligator Two*. Les autres, vous restez nous attendre au QG.

Le mandat de perquisition est immédiatement délivré par le bureau du procureur. La descente de police ne se fait pas attendre. L'inspecteur crie :

— *Let's go !* Tout le monde à bord, on fonce sur la cible.

Chapitre 10

Course-poursuite en airboat

Les deux airboats *Alligator One* et *Two* se mettent en route et glissent sur le marais dans une grande pétarade de moteurs. La lumière de l'aurore laisse entrevoir les bosquets de végétaux et les quelques animaux mécontents d'être dérangés de si bon matin par un tel vacarme. Les policiers se dirigent vers l'îlot de détention présumé des enfants. Ils foncent à travers la végétation à grande vitesse. Casque antibruit sur les oreilles et cheveux au vent, ils se tiennent fermement à la barre de sécurité installée devant eux. À l'approche de l'île, ils éteignent les moteurs pour arriver sans bruit et se positionner près de l'airboat. L'inspecteur Jefferson s'empare d'un porte-voix :

— Police de Miami ! Veuillez sortir immédiatement !

Tous les revolvers des policiers sont braqués sur l'entrée du cabanon.

À l'intérieur, les 5.sets sont réveillés brutalement par l'intrusion de Malcolm et Dents-Jaunes dans leur pièce.

Les ados n'ont même pas entendu la première sommation de la police.

— *Get up !* crie Malcolm.

Les deux hommes semblent désorientés et paniqués. Jamais ils n'avaient imaginé que la police les pisterait jusqu'ici. Surtout aussi vite. C'est un fâcheux changement dans leur programme. Les cinq jeunes se lèvent comme des automates, sans rien comprendre.

— Comment ont-ils pu nous retrouver ? C'est impossible, il doit y avoir une taupe dans l'équipe, s'exclame Malcolm.

— Moucharder n'est pas dans l'intérêt des mecs ! Quelque chose a dû nous trahir, mais quoi ? interroge Dents-Jaunes.

— Pas le temps de chercher, nous devons trouver un moyen de nous évader d'ici.

— Il existe une solution pour qu'ils nous laissent partir : prendre les gosses en otages !

— Excellente idée, Diego ! On va agir comme ça.

— Qu'est-ce qu'ils racontent ? chuchote Julien à Ian.

Pas le temps pour le jeune américain de donner des explications, les jeunes sont poussés dehors. La luminosité les éblouit, à tel point qu'ils n'aperçoivent même pas la présence des policiers. Derrière eux, Malcolm et Dents-Jaunes les menacent de leurs armes.

— Libérez les enfants ! ordonne Jefferson.

L'avertissement fait sursauter les 5.sets. La vue de la police est un grand soulagement. Mais, par expérience, ils savent que la partie n'est pas encore gagnée pour eux. Ils sont pris en otages, alors il faut rester tranquille pour ne pas contrarier les deux malfrats.

— On fait un *deal* inspecteur ! Vous nous laissez partir, sans embrouille, à bord de notre airboat et on libèrera les gamins dès que nous serons en sécurité. Sinon... *Pan !* On les bute.

— Vous aggravez votre cas, libérez-les tout de suite.

PAN ! PAN ! PAN ! Malcolm tire trois coups de revolver en l'air en guise de réponse à Jefferson, pour montrer sa détermination.

Les jeunes crient et se jettent au sol, face contre terre. L'inspecteur Dufour se saisit du porte-voix.

— Tenez bon les enfants, on va vous sortir de là.

— Faites vite inspecteur, nous sommes morts de trouille, répond Jeanne.

— *Shut up !* hurle Malcolm, en saisissant Théo et le menaçant de son arme.

Malcolm demande à Ian de traduire les paroles de l'inspecteur et de Jeanne. Il s'exécute en déformant la vérité. Il lui dit que le Français leur a demandé de ne rien tenter de dangereux et Jeanne a répondu que ce n'était pas dans leur intention. La traduction semble le satisfaire...

La police n'a pas le choix, elle laisse les deux kidnappeurs embarquer les cinq jeunes sur leur airboat. Une fois installés, ils démarrent et prennent la fuite à toute vitesse. Comme à l'aller, les enfants mettent leurs mains sur les oreilles pour se protéger du bruit fracassant du moteur. Les embarcations des policiers suivent de près celle des malfrats. Une course-poursuite s'engage. Les airboats glissent à toute vitesse à travers les chemins tortueux des palétuviers. Il faut être un pilote aguerri pour sillonner à pleine vitesse dans la mangrove, car une minuscule erreur de manœuvre peut envoyer l'engin s'enchevêtrer dans les myriades de racines aériennes que composent ces arbustes. Une fois sortis de cette forêt, ils filent à toute allure à travers la végétation de hautes herbes et de roseaux, créant au fur et à mesure de leur progression des gerbes d'eau boueuse qui viennent mouiller les enfants. Ces derniers s'accrochent comme ils peuvent pour ne pas tomber à l'eau lors des nombreux virages. La police talonne les brigands. Après un énième virage très, trop, serré : **PLOUF !**

Vince glisse de son siège et tombe à l'eau, sous le regard horrifié de ses amis. Il se débat et hurle dans l'eau.

— Au secours ! À l'aide...

— Oh, non... Les alligators vont le dévorer, crie Julien terrifié.

Les deux sbires ne prêtent pas attention à l'accident et continuent leur fuite. Leur seul but est d'échapper aux griffes de la police. L'airboat des inspecteurs ralentit et repêche le naufragé. Sans attendre, ils remettent les gaz et reprennent leur course-poursuite. La récupération de Vince leur a fait perdre du terrain. Mais le deuxième airboat de la police talonne toujours les truands.

— Vous avez vu ? Vince a été récupéré rapidement par la police. Ça me donne une idée... Rappelez-vous hier soir, l'alligator a eu peur de moi, il a fui à mon approche. Alors, pour sauver notre peau, on tente le tout pour le tout... On saute !

Les trois amis n'aiment pas l'idée de Théo, mais acquiescent tout de même. L'heure est grave, il faut agir. L'avantage de parler français est qu'aucun des malfrats n'a compris leur stratagème.

— Préparez-vous, au prochain virage, on saute... Maintenant ! crie Théo.

Jeanne, Julie, Théo et Ian se jettent dans les eaux troubles du marais, sous le regard impuissant de Malcolm et de Dents-Jaunes qui viennent de comprendre qu'ils ont perdu leurs otages, donc leur monnaie d'échange. Ils pestent l'un contre l'autre.

PLOUF ! PLOUF ! PLOUF ! PLOUF ! Les quatre nageurs se regroupent.

— On a réussi, ils nous abandonnent !

— Ne parle pas trop vite Julien. On peut encore servir de petit-déjeuner aux alligators, prévient Ian.

Ils ne quittent pas des yeux les berges et la surface de l'eau. Dans l'eau boueuse, ils ne distinguent pas leurs jambes. Le danger peut aussi venir par en dessous. Ils sont tétanisés.

— Là-bas, à gauche, un alligator sur la rive... bafouille Julien.

— À droite ! Il y en a un qui arrive vers nous, hurle Jeanne.

Ils voient émerger de l'eau deux gros yeux ronds et des narines qui se dirigent vers eux.

— On est foutus !

— À l'aide ! s'égosillent les jeunes, épouvantés.

Heureusement, l'airboat de la police arrive juste à temps. Ils sont très rapidement hissés à bord par les policiers et retrouvent Vince. L'alligator regarde son petit-déjeuner lui échapper. Les jeunes héros sourient à Philippe, un sourire qui en dit long...

— Votre décision de sauter à l'eau était très courageuse et dangereuse. Mais c'était la seule solution pour échapper aux kidnappeurs. Vous êtes des gamins hallucinants, vous m'épaterez toujours, leur adresse Philippe, souriant et soulagé de les avoir récupérés sains et saufs.

Malgré le bruit, les enfants lui annoncent qu'ils ont plein de choses à lui révéler concernant la disparition des bijoux. Mais pour l'heure, il faut attraper les deux fuyards pour qu'ils ne disparaissent pas dans la nature. On leur fournit des casques et la course-poursuite reprend mais elle n'a plus la même saveur maintenant. Les cinq amis s'agrippent à la main courante de leurs sièges et encouragent le pilote à rattraper les fugitifs.

— Vite, plus vite ! crient-ils.

Mais l'embarcation est moins rapide car trop chargée avec les cinq jeunes en plus.

TCHOP TCHOP TCHOP...

Ils sont surpris par le bruit caractéristique du rotor d'un hélicoptère qui surgit au-dessus de leur tête.

— *Yes !* La cavalerie américaine arrive pour nous aider, annonce fièrement Ian.

— On se croirait dans un film.

— C'est énorme, s'enthousiasme Théo.

L'hélicoptère survole l'airboat des fuyards et, par haut-parleur, les pilotes les somment de s'arrêter immédiatement.

— *Police ! Stop now !*

Les hors-la-loi n'obéissent pas et tentent encore de semer leurs poursuivants.

— Ils sont cuits ! Ce n'est qu'une question de temps. Ils n'ont aucune chance de s'en sortir face à un tel déploiement de forces, explique l'inspecteur Dufour impressionné par l'imposant dispositif de la police américaine.

Jefferson est en contact radio permanent avec l'hélicoptère. Il coordonne les opérations. Ils ont choisi une technique d'intimidation pour tenter de mettre fin à la cavale des deux hommes.

— Attention ! L'offensive aérienne va débuter, prévient l'inspecteur américain.

L'hélicoptère dépasse l'airboat des malfrats de plus de 500 mètres. Puis, il effectue un virage à 360 degrés pour leur faire front. Un face-à-face inquiétant, censé les effrayer et faire diminuer leur vitesse, ce qui permettra aux policiers de les encercler pour les intercepter. Devant ce gros bourdon bruyant leur fonçant dessus, les kidnappeurs prennent peur. Le plan fonctionne à merveille. Les deux airboats des forces de l'ordre entourent alors celui de Malcolm et Dents-Jaunes. Les policiers leur ordonnent de se rendre, en pointant leurs revolvers. Ils sont piégés.

— ARGGGGH... Malcolm crie de rage.

— Police de Miami ! Vous êtes en état d'arrestation pour enlèvement et séquestration de mineurs.

— Et peut-être beaucoup plus, d'après les jeunes, rajoute l'inspecteur Dufour.

Les policiers s'emparent de leur embarcation et leur passent les menottes. Jefferson envoie un message radio à l'hélicoptère qui fait du sur-place au-dessus de leurs têtes pour informer que l'opération est terminée et que tout le monde peut désormais rentrer à Miami.

Chapitre 11

Les indices se recoupent

Les trois airboats arrivent au QG des *rangers*. Malcolm et son complice sont débarqués et escortés vers les véhicules qui vont les conduire jusqu'au poste de police de Miami Beach pour être auditionnés. L'inspecteur Jefferson fait signe aux policiers qu'ils peuvent partir. Il les rejoindra plus tard, après avoir entendu le récit des cinq jeunes kidnappés. Il s'adresse à Philippe :

— Inspecteur Dufour, faites entrer les enfants, nous allons les écouter et les interroger.

Philippe Dufour regroupe les ados, occupés à récupérer leurs affaires personnelles auprès des policiers : sacs à dos et portable d'Ian. Le groupe au complet se dirige vers le bâtiment où l'attend, à l'intérieur, toute une armada de personnes : les *rangers*, les policiers, les pilotes de drones, Quesneville et Yannick. À la vue de ce dernier, les enfants sont surpris et se braquent.

— Inspecteur, cet homme est un imposteur ! s'écrie Jeanne, en pointant Yannick du doigt.

— Oui… Il fait partie de la bande de Malcolm ! Hier après-midi, nous l'avons vu à l'arrêt de bus, juste avant notre enlèvement, et aussi vers midi. Nous pensons qu'il nous a pistés toute la journée, explique Julien en haussant le ton.

— Ha ! Ha ! Du calme, les jeunes… Yannick est l'un des nôtres. Je vais tout vous expliquer. Mais avant, racontez-moi ce que vous êtes allés faire dans la résidence Hudson Vice à Miami Beach.

Julien rapporte tout ce qu'ils ont vu et entendu depuis leur départ du bateau la veille. Ils n'oublient pas de mentionner leur première rencontre avec Malcolm, sur la plage et à la clinique des oiseaux.

— Le mousse nommé Cédric Andro serait impliqué dans cette affaire ? Impensable, laisse échapper Michel Quesneville.

— Plus rien ne m'étonne, s'exclame l'inspecteur Dufour.

À son tour, Ian fait le compte-rendu des paroles entendues en espionnant à la porte de l'appartement numéro 14 de la résidence.

Pour finir, Jeanne explique comment elle a réussi à comprendre le lien entre la disparition des bijoux et les pélicans. Leurs auditeurs écoutent, très impressionnés.

— Sans votre perspicacité, nous n'aurions jamais réussi à dénouer cette incroyable affaire à temps. Je vais finir par vous embaucher dans mon service à Paris, déclare l'inspecteur Dufour.

— Mais au fait, comment avez-vous fait pour nous retrouver aussi rapidement ? interroge Vince, curieux.

— Après vous avoir vu à l'œuvre dans les deux dernières aventures, et sur demande de vos parents, nous vous avons fait surveiller 24h/24 depuis votre départ de Paris. Yannick était chargé de vous suivre dans tous vos déplacements et, pour plus de sécurité, on a caché une puce GPS dans le téléphone d'Ian.

— Tout s'explique ! Voilà pourquoi on a croisé Yannick à plusieurs reprises depuis l'avion. Bien joué inspecteur, votre prudence nous aura sauvé la vie, répond Julien.

— Remerciez vos parents, l'idée vient d'eux.

Les 5.sets sont soulagés d'avoir tout raconté à la police et d'être sortis sains et saufs de cette mésaventure. Entre les malfrats et les alligators, ils ont eu fort à faire ces deux derniers jours. Ils remercient tout le monde d'avoir passé la nuit à les rechercher. Chacun leur tour, ils vont serrer les mains de leurs sauveurs. Après avoir salué tout le monde, ils ont droit à une *standing ovation* à l'américaine. À son tour, l'inspecteur Jefferson félicite son équipe pour leur efficacité et la coordination entre les différents corps de recherches : pilotes de drones, *rangers* et policiers.

— Allez dormir, leur dit Jefferson, vous avez fait du bon boulot.

Maintenant que les enfants sont retrouvés et que la police détient des éléments déterminants sur le vol des pierres précieuses, l'enquête continue pour retrouver les bijoux.

Jefferson lance un mandat d'arrêt à l'encontre de Cédric Andro, mousse sur le bâtiment du Drassm, et deux mandats de perquisition pour fouiller les domiciles de Malcolm et de Dent-Jaunes, de son vrai nom, Diego Alberto.

— Les enfants, vous allez rentrer chez Ian vous reposer et vous remettre de vos émotions.

— Oh mais, non... On veut connaître la suite de l'enquête...

— Il n'y a pas de « mais » Théo ! Vous allez rentrer, c'est un ordre. Une fois que cette affaire sera terminée, j'aurai une petite discussion avec vous. Pour l'instant, montez dans la voiture de police, elle va vous conduire à Key Biscayne. Les parents d'Ian vous attendent.

— S'il vous plaît inspecteur, dès que vous retrouverez les bijoux, dites-le nous.

— Bien sûr, Jeanne ! N'oubliez pas... Vendredi, nous avons un rendez-vous à tenir. On doit remettre le coffre et son contenu aux descendants de Lord Douglas.

— Oui ! On va honorer ce rendez-vous coûte que coûte... Nous ne sommes pas les 5.sets pour rien, s'exclame Théo.

Les cinq ados se checkent, en criant leur slogan : « un pour tous, tous pour un » et quittent la pièce sous les regards fascinés des policiers américains.

À leur tour, les inspecteurs abandonnent le bâtiment des *rangers*. Direction le poste de police de Miami Beach pour interroger les deux kidnappeurs. Pendant le trajet, Jefferson est mis en relation téléphonique avec la femme de ménage de la résidence Hudson Vice. Il l'interroge sur les résidents de cet immeuble. En bonne citoyenne, elle lui fournit toutes les informations qu'elle détient sur les vingt-quatre appartements de l'immeuble.

— L'employée de ménage m'a rapporté que dix-huit des logements sont loués à des touristes du monde entier et qu'ils changent de locataire en moyenne tous les dix jours. Seuls six sont habités à l'année par des résidents permanents. Des retraités pour l'essentiel. Sauf un appartement qui appartient à une entreprise appelée *Pelican Travel*, drôle de coïncidence ce nom, vous ne trouvez pas ? Cette entreprise occupe le n°14. Celui-là même où les enfants ont espionné Malcolm et sa bande. Je vais demander un mandat de perquisition supplémentaire pour cette adresse.

Au moment où les voitures de police se garent à la station de police, Jefferson obtient son mandat d'arrêt contre le mousse français et ses trois mandats de perquisition. Il ne perd pas une seconde pour dépêcher une patrouille cueillir Cédric Andro au saut du lit. Deux autres patrouilles sont envoyées aux domiciles des deux malfrats en garde à vue et une dernière au bureau de *Pelican Travel*.

Les deux inspecteurs, suivis de Yannick et de Quesneville, pénètrent dans le commissariat de style Art Déco, propre au quartier.

— Yannick et Michel, vous pouvez rentrer à votre hôtel. Vous devez être morts de fatigue après cette longue nuit de recherche, propose Philippe Dufour.

— Merci Philippe, mais je reste, répond Quesneville. Cette histoire me concerne car un des hommes de mon équipage est mis en cause. Je veux entendre sa déposition.

Il semble anéanti par toutes ces nouvelles.

— Je comprends Michel, tu peux rester assister à l'interrogatoire si Jefferson n'y voit pas d'objection.

— Pas de problème, mais vous ne devez pas intervenir en faveur de votre marin, impose Jefferson.

— Comptez sur ma discrétion, inspecteur.

— En ce qui me concerne, je vais vous laisser, dit Yannick. Cette nuit blanche m'a achevé. De plus, je ne vous serai plus d'une grande utilité. Si vous avez besoin de moi, vous savez où me trouver inspecteur.

Chapitre 12

L'interrogatoire

L'inspecteur Jefferson, Dufour et Quesneville se retrouvent dans la salle d'interrogatoire : Malcolm et Diego Alberto sont menottés et assis derrière une table. Jefferson commence par leur dicter leurs droits et leur propose de téléphoner à une personne de leur choix. Les deux refusent.

Toc ! Toc ! On frappe à la porte. Un agent amène le mousse français menotté dans la salle. En voyant Quesneville, il détourne le regard et vient s'asseoir à la table, près des deux autres. L'arrestation du Français fait comprendre à Malcolm que toute l'affaire est découverte par la police.

— En voilà une belle brochette de voleurs ! On va pouvoir commencer la confrontation. Où avez-vous caché les pierres précieuses ? demande l'inspecteur américain, en allant droit au but.

— Quelles pierres précieuses ? Je ne vois pas de quoi vous parlez, répond Malcolm d'un ton provocateur.

— Ne fais pas ton malin ! Tu as enlevé cinq gamins, ça va te coûter plus de vingt ans de prison. Alors n'aggrave pas ton cas. Je vous propose à tous les trois un marché : vous avouez tout et je parlerai au juge de votre bonne coopération dans cette enquête. Réfléchissez... Ça peut vous donner quelques bons points au procès pour espérer une peine plus clémente. Alors reprenons... Qui est le commanditaire de cette affaire ? interroge à nouveau Jefferson.

Malcolm décide de changer de stratégie, il soupire et se met à parler pour tenter de sauver ce qui reste à sauver de sa peau.

— Il y a cinq mois, j'ai été contacté par téléphone. La personne au bout du fil parlait un bon anglais, avec une pointe d'accent français. Il m'a demandé si j'étais capable de transporter des pierres précieuses, secrètement, entre Miami et la Martinique. Je lui ai répondu qu'il avait frappé à la bonne porte. Je suis le meilleur pour ce boulot et je possède un moyen de transport fiable et unique au monde. Je n'ai jamais vu l'homme car, par la suite, nous avons correspondu par mail. Hier, pour la première fois, j'avais rendez-vous avec quelqu'un pour signer un contrat et recevoir une avance en cash. C'est cet homme qui s'est présenté au rendez-vous, explique Malcolm en désignant Cédric Andro.

On frappe à nouveau à la porte. Un agent dépose des documents et fait un compte-rendu sur les perquisitions accomplies aux différents domiciles des inculpés.

— Malcolm dit vrai. J'ai sous les yeux le relevé des mails trouvé par mes hommes dans le disque dur de l'ordinateur de son bureau de *Pelican Travel*. Ils ont trouvé aussi le contrat passé entre lui et le commanditaire du vol qui, d'après les papiers, est Cédric Andro, annonce Jefferson.

— Qui devait récupérer les pierres précieuses à la Martinique ? demande l'inspecteur Dufour à Malcolm.

— Moi, évidement ! Les pélicans n'obéissent qu'à moi. Si je ne vais pas les réceptionner, ils repartiront vers je ne sais quelle destination et alors *bye, bye* les bijoux, ricane Malcolm.

— Pourtant c'est Andro qui a permis aux pierres de quitter le navire via les oiseaux, non ?

— Pas du tout ! C'est moi qui les ai évacuées. Notre plan était parfait... Si seulement les gosses n'étaient pas venus tout foutre en l'air !

— Je ne comprends plus... Expliquez-vous !

— C'est simple, lorsque la douane était sur votre bateau, les pélicans étaient déjà en place, appelés quelques minutes plus tôt par le mousse Français grâce à un sifflet à ultrasons que je lui ai recommandé. Je vous observais du ponton voisin. Quand le *Frenchie* a jugé que c'était le bon moment, il a envoyé un signal par ultrason aux oiseaux, ils ont gobé les bijoux et le tour était joué. Les oiseaux sont rentrés et je n'ai eu qu'à récupérer les pierres à la clinique. Ingénieux, non ? raconte Malcolm avec insolence.

— Tellement ingénieux que vous allez pouvoir conter vos exploits en prison, répond Dufour pour stopper son arrogance.

L'interrogatoire se poursuit jusqu'en fin de matinée. Malcolm explique comment il procède pour dresser et élever les pélicans afin d'arriver à une obéissance totale de leur part. La clinique des oiseaux lui sert de couverture et lui permet de les entraîner sans attirer l'attention. Il a élaboré une méthode bien à lui pour faire voyager les bijoux.

— J'ai deux techniques. Elles dépendent de la distance à parcourir par les oiseaux. Pour les vols courts comme sur le bateau, rien de plus simple, les oiseaux gobent les pierres précieuses. Mais pour un long trajet comme entre Miami et la Martinique, j'enveloppe chaque pierre précieuse, dans un minuscule sac en matière végétale que je fixe, à l'aide d'une colle inoffensive, à l'intérieur de la volumineuse poche extensible du pélican. Grâce à ce procédé, ils peuvent se nourrir et boire sans problème. Ce processus ne gêne en rien l'animal. Excepté une fois, lors d'un essai, où un sac s'était partiellement décollé sur l'un des oiseaux et ce n'était pas très agréable pour lui.

C'était le jour où les 5.sets avaient surpris Malcolm et Jackson sur la plage du phare…

Malcolm est interrogé sur l'implication de Jackson dans le vol des bijoux. Il met hors de cause le vieil homme.

— Jackson est un brave type. Il a juste du mal à joindre les deux bouts à cause des études coûteuses de sa fille, alors il rend quelques services contre un peu de *cash*. Mais il ne veut pas savoir ce que je fabrique. Il ne pose jamais de questions.

Arrive le tour du jeune marin français d'être interrogé. Il semble plus détendu qu'à son arrivée. Il n'a pas bronché une seule seconde depuis le début de sa garde à vue. Il se dit le cerveau de l'affaire, mais l'inspecteur Dufour doute car il n'a pas assez de charisme et reste très jeune. Il paraît influençable et fragile. De plus, il ne maîtrise pas assez bien l'anglais. Toutefois, Cédric Andro n'en démord pas :

— Dès que j'ai appris mon embarquement pour Miami et que j'ai pris connaissance de ce que nous allions transporter, j'ai immédiatement pensé que ce serait le « casse idéal ». Il me fallait trouver le moyen de sortir les pierres précieuses du territoire américain sans encombres. Le hasard m'a fait rencontrer dans un bar de Marseille un mec du milieu du banditisme. À partir de là, tout s'est enchaîné, il m'a mis en contact avec Malcolm...

— Vous mentez ! Qui couvrez-vous dans cette affaire ? insiste l'inspecteur. Je suis persuadé que vous n'êtes pas le cerveau de ce vol et que vous êtes manipulé par quelqu'un de plus haut placé.

— Vous doutez de mes capacités, inspecteur ? Vous avez tort... S'il n'y avait pas eu ces sales gosses à venir fouiner dans nos affaires, mon plan aurait fonctionné à merveille. On m'avait bien dit de me méfier de ces morveux.

— Ah bon ? Et qui donc vous l'a suggéré, Monsieur Andro ? interroge l'inspecteur Dufour, content d'avoir réussi à ce qu'il finisse par se trahir.

Le Français se rend compte de sa grosse boulette et se maudit d'en avoir trop dit.

— Je ne parlerai plus qu'en présence d'un avocat ! s'exclame-t-il avant de se taire, jusqu'à la fin de l'audition.

Au tour de Diego Alberto, le complice de Malcolm, d'être auditionné. La police n'en tire aucune information intéressante pour l'enquête. L'homme est originaire de Cuba et parle mal l'anglais. Il n'est que le sous-fifre de Malcolm. Il est connu des services de police, mais son casier judiciaire n'est rempli que de petits larcins : vol de voiture, à l'étalage, fraudes...

Les policiers décident de mettre fin à l'interrogatoire. Ils quittent la salle et vont discuter des suites de l'enquête dans le bureau de Jefferson. Pendant ce temps, les truands sont conduits en cellule.

— Que pensez-vous de cette affaire, inspecteur ? demande le policier américain.

— Les déclarations de Malcolm tiennent la route, je le crois sincère. En revanche, je suis certain qu'Andro ment. Il endosse le rôle de commanditaire. Je ne sais pas pour quelle raison. Quant à Diego Alberto, c'est juste un exécuteur d'ordres, sans importance dans cette histoire.

— Je suis de votre avis !

— Jeanne, Julien, Vincent, Théo et Ian se sont trouvés par hasard sur le chemin de Malcolm et d'Andro. Les connaissant, ils ont dû voulu éclaircir le mystère pour nous aider à résoudre cette enquête. Leur curiosité s'est malheureusement retournée contre eux.

— Je dois admettre que de toute ma carrière, c'est la première fois que je croise de tels gamins. Nous allons tout faire pour retrouver les pierres précieuses à temps afin qu'ils puissent, comme prévu, les remettre vendredi aux descendants du passager du *Titanic*. Ces jeunes sont venus aux États-Unis pour accomplir un geste de générosité envers une famille américaine touchée par une tragédie du passé. Alors, ne gâchons pas leur plaisir.

— Vous avez raison, inspecteur Jefferson ! Retrouvons au plus vite les pierres. Nous leur devons bien ça. Voilà comment nous allons procéder : inspecteur Dufour vous irez, avec un de vos agents, accompagner Malcolm à son rendez-vous avec les pélicans en Martinique. D'après nos calculs, les oiseaux vont parcourir 2 400 km en trois jours. Ce qui fait une arrivée approximative demain en fin de journée. Vous prendrez le vol de 11h pour Fort-de-France et arriverez en début d'après-midi. Arrivé sur place, vous laisserez sous bonne escorte Malcolm intercepter les pélicans.

Une fois les oiseaux en sécurité, vous récupérerez le butin et reviendrez aux États-Unis avec Malcolm.

— Le plan est parfait, inspecteur Jefferson. Tu vois Michel, on va finalement réussir à remettre en temps et en heure le contenu du coffre aux héritiers du lord anglais.

— Incroyable ! Quelle aventure, répond Quesneville.

— Malcolm vous sera confié par mes hommes à l'aéroport international de Miami une heure avant le décollage. Les papiers de douane et toutes les autorisations de sortie du territoire vous seront fournis en même temps que le détenu. Pour le moment, allez vous reposer car vous en avez besoin. Moi aussi d'ailleurs.

— Merci pour tout inspecteur ! À demain.

Philippe et Michel sortent exténués du commissariat mais optimistes pour la suite de l'affaire Pélican. Il reste une dernière chose à faire à l'inspecteur avant de goûter à une bonne sieste méritée : prévenir les 5.sets de la bonne tournure de l'enquête.

Chapitre 13

Coupable identifié

L'opération de récupération des pierres précieuses à la Martinique a été un succès. L'inspecteur est rentré à Miami. Les 5.sets sont rassurés, tout est rentré dans l'ordre. Demain est la journée la plus attendue : la remise du coffre aux héritiers. Pour l'heure, la famille Gibson et les ados ont rendez-vous avec l'inspecteur Dufour pour déjeuner chez Johnny Rockets, le spécialiste des burgers à Miami Beach. Après toutes ces aventures, il est bon de se réunir et de savourer la quiétude retrouvée. Tous ont hâte d'écouter le récit du voyage de Philippe à la Martinique. La bonne humeur est de mise, tout le monde s'installe autour d'une table sur les banquettes typiques de vinyle rouge du restaurant.

— Alors inspecteur, vous avez fait bon voyage ? demande Bob.

— C'était très rapide, un aller-retour. Le détenu a été très coopératif dans cette histoire. Il ne nous a pas fait perdre de temps.

— Vous avez vu les pélicans ?

— Oui, Jeanne. Je t'avouerai même qu'ils m'ont séduit. Ce sont de très beaux oiseaux.

— S'il vous plaît inspecteur, racontez-nous ! le supplie Jeanne.

— Et bien voilà : l'endroit de récupération des pélicans était au nord de l'île, à Grand Rivière, une baie où se regroupent souvent ces oiseaux. Malcolm a utilisé son sifflet à ultrason à intervalles réguliers. Tout à coup, nous avons aperçu six taches sombres indistinctes, qui venaient dans notre direction. C'était fantastique et impressionnant de voir ces oiseaux arriver après avoir parcouru 2400 km entre Miami et Grand Rivière. Ils volaient, leurs grandes ailes déployées, tous en cadence, majestueux. Ils paraissaient fiers d'avoir accompli leur mission. Ils m'ont épaté. Tous les six sont venus se poser délicatement près de nous. Malcolm les a félicités, les oiseaux semblaient comprendre leur maître. Pour les récompenser, il leur a offert un poisson à chacun. Les pélicans ont ouvert grand leur bec et Malcolm en a profité pour récupérer les pierres.

— Fantastique ! Et que sont devenus les pélicans ? interroge Jeanne, plus intéressée par le sort des volatiles que celui des bijoux.

— Malcolm m'a expliqué que lors de leur entraînement, il leur avait fait réaliser le parcours entre Miami et la Martinique plusieurs fois, dans les deux sens.

Donc ils savent rentrer seuls au refuge. Ils rallieront la Floride quand ils se sentiront prêts, et surtout quand ils en auront envie. Dommage que Malcolm ait mal tourné car c'est un homme qui adore les animaux. Il connaît parfaitement le monde des oiseaux.

— Donc les bijoux, où sont-ils ? s'inquiète Vincent.

— Les pierres ont retrouvé leur écrin dans le coffre en bois et attendent la journée de demain, non loin d'ici, dans le coffre-fort du commissariat de Miami Beach.

— Ouf ! Ils sont à l'abri ! laisse échapper Ian.

— Que va-t-il arriver à Malcolm, son complice et au marin français ? se renseigne Julien.

— Ils vont être jugés pour enlèvement de mineurs et vol. Ils vont prendre des années de prison. La justice américaine sera plus sévère avec les deux Français car ils seront inculpés en tant qu'étrangers venus sur leur territoire dans le but de commettre un délit prémédité et ça, ici... ils ne pardonnent pas. Mais je reste persuadé que le commanditaire de l'affaire est toujours dans la nature.

Le garçon de salle vient prendre les commandes du déjeuner. L'ambiance est au beau fixe, les ados sont excités à l'idée de la journée de demain.

— Quand je verrai les descendants de Lord Douglas, j'aurai enfin le sentiment que cette histoire de naufragés et de trésor devient réelle.

— C'est vrai, Julien ! Pour moi ce sera la plus belle

des récompenses après toutes ces aventures, s'exclame Jeanne.

— J'ai hâte de voir à quoi ressemblent les descendants des rescapés du *Titanic,* s'impatiente Vince.

— Vous ne savez pas la meilleure ? Vince pensait que demain, c'était la femme du lord et ses enfants que nous allions rencontrer.

— Pff... Théo, ce n'était pas la peine de répéter ma bourde.

— Sacré Vince ! Au fait, tu ne nous as pas encore raconté de blague depuis notre arrivée aux États-Unis.

— Je n'en ai pas trouvé l'occasion avec toutes ces aventures. Mais il n'est pas trop tard. En voici une : Deux mamans discutent de leurs bébés. L'une dit à l'autre : Moi, mon bébé, ça fait 3 mois qu'il marche ! – Oh là, là ! Il doit être loin maintenant.

Toute la tablée se met à rire aux éclats.

— Ha ! ha ! Vince et ses blagues à deux balles. Je t'adore mon pote, lâche Théo en tapant dans le dos de son ami.

Le serveur apporte les burgers et chacun mange goulûment son délicieux sandwich, sur l'air d'un tube des années 1950 que joue le *jukebox* rutilant du restaurant. Pour assurer l'ambiance, un des serveurs s'essaye à quelques pas de danse au centre de la salle.

— Philippe, regardez les belles photos que j'ai prises des pélicans, dit Jeanne en montrant l'écran de son portable.

— Elles sont magnifiques ! Tu es douée pour la photographie, répond Philippe entre deux bouchées de burger.

— J'ai même une vidéo des six pélicans près du bateau. Je vais la garder en souvenir. Vous voulez la voir ? insiste la jeune fille, fière des compliments de l'inspecteur.

— Bien sûr, montre-moi.

Philippe s'empare du portable et visionne la vidéo.

— Non ! Je n'en crois pas mes yeux ! s'écrie-t-il, les yeux hagards, comme s'il venait de voir un fantôme.

— Que se passe-t-il ? interroge Théo.

L'inspecteur se lève brusquement de table et sort passer un appel téléphonique. Durant sa communication, il effectue de grands gestes avec ses bras. Il semble énervé. Il raccroche et revient dans le restaurant rejoindre la tablée qui reste figée d'incompréhension.

— C'est de la folie ! Je viens d'appeler l'inspecteur Jefferson et lui ai dit de nous rejoindre. En visualisant le film de Jeanne, j'ai vu quelque chose de bouleversant, qui ne laisse aucun doute sur le fait que le cerveau de l'affaire n'est autre que... Michel Quesneville !

— Quoi ? Mais c'est impossible ! Il est archéologue au Drassm. C'est lui qui a organisé l'événement qui nous a amené ici, s'exclame Julien, secoué par cette nouvelle.

— Justement ! Maintenant, je comprends mieux certains de ses agissements. Il est resté avec nous toute la nuit de recherche dans les Everglades. C'était pour suivre l'enquête de près. Puis il est resté lors de l'interrogatoire de son complice. C'était dans le but d'intimider le mousse, pour qu'il ne lâche pas le morceau. Mais comment se fait-il qu'en plusieurs jours de mer je n'ai rien vu ?

— Parce que Michel et le mousse ont su rester très discrets sur leur complicité dans cette affaire ? tente Vince.

— J'étais sûr que le mousse n'était pas le commanditaire. De là, à penser que c'était Quesneville... répond Philippe, abasourdi.

L'inspecteur Jefferson arrive alors en trombe dans le restaurant et prend place à leur table. Il se saisit du portable de Jeanne et regarde à son tour la vidéo en question. Son visage pâlit et ses yeux se froncent.

— La boucle est bouclée ! On tient le cerveau de toute cette affaire. La vidéo est la preuve que Quesneville est impliqué. Je lance immédiatement un mandat d'arrêt international contre lui, annonce l'inspecteur américain.

— Personnellement je n'ai rien remarqué de spécial sur cette vidéo à part les pélicans, laisse échapper la jeune fille, confuse.

— Regarde bien, en arrière-plan, on voit Michel et le mousse discuter. Jusqu'ici, rien d'alarmant. Sauf que, si tu regardes de plus près, dans la main droite de Quesneville, tu apercevras les pierres précieuses qui scintillent sous l'effet des rayons du soleil. Ils s'apprêtaient à les faire discrètement gober aux pélicans. Grâce à ton intérêt pour les oiseaux, Jeanne, le cerveau de l'affaire est démasqué. Encore une fois, les enfants, nous vous devons la résolution complète de cette affaire.

— Résoudre les mystères est devenu notre spécialité, inspecteur ! répond fièrement Théo.

Les 5.sets sont conviés à venir assister au dénouement de l'enquête. Ils ne se font pas prier et accompagnent les deux inspecteurs au commissariat de Miami Beach, entendre le charismatique Michel Quesneville qui vient d'être arrêté et emmené au poste. L'homme n'a pas pris la peine de fuir car certain de sa couverture d'archéologue. Cette fois, c'est lui qui est assis sur le banc des accusés. Son visage est défait. Sa barbe naissante et son manque de sommeil lui donnent une mine blafarde. Il ne lui manque plus que la tunique orange des prisonniers américains pour endosser le rôle de méchant dans un film policier *made in USA*. À l'entrée des inspecteurs et des ados dans la pièce, il baisse la tête.

Dufour l'observe d'un regard écœuré et lui témoigne son dégoût.

— Tu nous as trahis, Michel ! J'avais confiance en toi. Pourquoi tout ce gâchis ?

— Je suis sincèrement désolé Philippe... Mais à force de traquer des pilleurs d'épaves millionnaires sur toutes les mers du globe... ça m'est monté à la tête. Je rêvais de liberté comme eux. Je me suis dit, pourquoi pas moi ? Alors j'ai eu l'idée d'organiser ce vol. Le plan était parfait... Si seulement ces morveux étaient restés à leur place.

— De quelle liberté tu parles ? Tu vas être extradé vers la France et passer plusieurs années en prison. C'est ça, ta conception de la liberté ? Les personnes avec qui tu travailles à Marseille t'appréciaient et te faisaient confiance. Maintenant tu vas rejoindre ton complice en prison. Rassure-moi Michel, dans l'affaire des pilleurs d'épaves, étais-tu sincère ?

— Oui, bien sûr. L'idée m'est venue bien plus tard.

— C'est la seule parole qui me soulage venant de toi. Tu as fait un très mauvais choix, je te souhaite bien du courage pour la suite des événements.

Philippe s'écarte du prévenu et laisse l'inspecteur Jefferson faire son travail. À la fin de l'interrogatoire, deux policiers viennent chercher Michel Quesneville pour l'envoyer rejoindre son complice français à la prison du comté. Le dossier de cette affaire appelée *Affaire Pélican* est clos et remis à la justice américaine.

Chapitre 14

La remise du coffre

Après une semaine mouvementée et une nuit d'excitation qui a empêché les 5.sets de dormir, ce matin du 15 avril est enfin le jour J, la raison de leur voyage aux États-Unis ! Vers midi, les cinq amis et des officiels vont remettre les pierres précieuses aux descendants d'un lord anglais, péri en mer lors du naufrage du *Titanic*.

— C'est magique, ce que nous allons vivre.

— Oui ! C'est fantastique, Julien, et c'est grâce à nous tout ça, répond Théo avec fierté.

— Les gars, pour l'occasion nous devons nous mettre sur notre 31. On doit représenter l'élégance à la française.

— Ouais, enfin... Nos mères se sont concertées sur nos tenues à porter. Résultat : on va ressembler à des pingouins avec nos costumes et nos nœuds papillons, ronchonne Théo.

— Ha ! Ha ! Mais non, au contraire, vous allez être

classes, dit Jeanne avant d'aller se préparer avec l'aide de Kylie.

Du fait de l'arrestation de Michel Quesneville, le Drassm a conféré à l'inspecteur Dufour le rôle attribué à l'archéologue et c'est avec honneur qu'il a accepté cette mission. En remerciement de l'aide précieuse apportée par la police américaine dans l'enquête, le Drassm a envoyé une invitation à l'inspecteur Jefferson, qui s'est empressé d'accepter.

Vers 11h du matin, les deux inspecteurs passent récupérer les ados à Key Biscayne. En arrivant, ils sont surpris par l'élégance des 5.sets.

— Ma parole… Vous êtes tirés à quatre épingles ! s'exclame Philippe Dufour. Jeanne, tu es magnifique.

— Merci, inspecteur. C'est la première fois que je vous vois en costume cravate. Ça vous va très bien.

— Merci Jeanne, c'est l'occasion ou jamais.

Il est l'heure de partir et tous grimpent dans le minivan en direction du quartier de Coral Gable, chez Rosie Douglas-Ford, petite-fille de Lord Ernest Joseph Douglas. Le véhicule démarre et prend la route sous les regards envieux de la famille Gibson.

— Je vais profiter de ces quelques minutes de trajet pour vous expliquer un peu l'histoire de cette famille, suite au naufrage de 1912. Comme vous le savez, la femme du lord a été secourue avec ses deux filles : Holly, 3 ans, et Susan, 1 an. Elle a eu beaucoup de mal à reconstruire sa vie. Toute la fortune qu'elle possédait avec son mari avait disparu à bord du navire *Happy Ending*, ou du moins le pensait-elle. Pendant cinq ans, elle a vécu à New York avec la maigre pension que la compagnie maritime « White Star Line » lui octroyait en tant que rescapée et veuve. Pour survivre et élever ses deux filles, elle a appris le métier de couturière. À sa mort, en 1957, elle a laissé derrière elle une belle entreprise de confection de prêt-à-porter et quatre petits-enfants : Rosie, Taylor, Molly et Harrison. Ce sont eux que nous allons rencontrer et à qui nous allons remettre le trésor retrouvé à bord du *Happy Ending*.

— C'est émouvant, bredouille Jeanne.

— Quel âge ont ces quatre personnes, aujourd'hui ? se renseigne Vince.

— D'après mes informations, Rosie, 74 ans, et Taylor, 69 ans, sont les enfants de Holly, l'aîné. Molly, 72 ans, et Harrison, 64 ans, sont les enfants de la cadette.

La voiture arrive dans le quartier huppé de Coral Gable, au sud de Miami. L'inspecteur se gare devant la maison de la famille, une grande demeure de style floridien. Plusieurs voitures de police sont déjà garées devant, ce qui attire la curiosité du voisinage. L'événement a été tenu secret, pour ne pas ameuter la presse. Seuls les journalistes d'un grand quotidien américain ont obtenu l'exclusivité.

— Mon cœur s'emballe, s'exclame Julien.

— Le mien aussi ! ça fait tellement longtemps que nous attendons ce moment.

Rosie DOUGLAS
(1942-)
Taylord DOUGLAS
(1946-)
Holly DOUGLAS
(1909-1982)
Elisabeth DOUGLAS
(1887-1957)

Molly DOUGLAS
(1944-)
Harrison DOUGLAS
(1952-)
Susan DOUGLAS
(1911-1992)
Ernest Lord Joseph DOUGLAS
(1884-1912)

— C'est le grand jour, les amis... Gardons notre sang-froid, s'exclame Vince. Allez, check collectif pour se donner du courage !

Les 5.sets attendent patiemment à l'extérieur de la maison, devant le van. L'inspecteur Jefferson est en contact radio avec la voiture de police qui doit apporter le coffre, sous bonne escorte. Une délégation de deux militaires de la Royal Navy est venue représenter l'équipage britannique du *Happy Ending*. L'inspecteur Dufour serre les mains de tous les officiels.

— Waouh... C'est impressionnant de voir ces hommes et femmes en tenue militaire, dit Théo.

— Allez les enfants, vous êtes prêts ? Les pierres précieuses arrivent d'ici quelques minutes.

Les ados suivent l'inspecteur sans un mot, impressionnés par le protocole. Philippe sonne à la porte. C'est une vieille femme qui vient ouvrir la porte.

— *Hi ! I'm Rosie Douglas.*

À la vue de cette vieille femme, les enfants sont attendris et repensent au naufrage du *Titanic*, mais aussi à Michael Mac Allister, ce brave homme et son carnet intime, sans lequel cette remise de trésor n'existerait pas. Ils entrent dans la grande maison où tout est installé pour l'événement : des fleurs, des ballons de baudruche, un buffet... Les enfants sont présentés aux quatre descendants comme les protagonistes de la découverte du coffre. Ils sont remerciés et embrassés par tous les membres de la famille Douglas. Puis, ils s'assoient au premier rang, au pied du pupitre où, dans quelques instants, va prendre place Philippe Dufour. La famille Douglas est assise sur la droite. L'arrivée du coffre en bois dans le salon impose le silence, les invités observent la scène avec respect pour cet objet tout droit sorti du passé.

— Après tant d'obstacles et plus d'un siècle sous l'eau, il retrouve sa famille d'origine, chuchote Julien.

— Oui, le moment est solennel, répond Jeanne.

Philippe prend la parole. Il conte l'incroyable parcours semé d'embûches du coffre de 1912 à nos jours, sans faire l'impasse sur les déboires qui viennent de se terminer. Il remercie les autorités françaises, américaines et le Drassm pour leurs aides précieuses dans les deux affaires. Au tour de Rosie, la plus âgée des descendants, de prendre la parole. Elle parle du courage et des difficultés de sa grand-mère, qu'elle a très peu connue, mais qui a dû recommencer sa vie à zéro, après la mort de son mari. Elle parle de la femme exemplaire qu'elle était et du fait qu'elle aurait été heureuse d'apprendre le retour de leur fortune, 104 plus tard, sur les côtes bretonnes. Elle remercie, au nom de la famille Douglas, les ados pour leur bravoure et leur détermination et la Royal Navy d'avoir eu la bonne idée, en 1912, de faire voyager les bijoux sur un autre bateau que le *Titanic.*

Enfin, arrive le moment d'ouvrir le coffre et de présenter les pierres précieuses à la famille. Philippe

Dufour soulève délicatement le couvercle et sort un écrin, sur lequel reposent trente minéraux qui scintillent de mille feux. Les flashs des photographes les mitraillent comme des stars.

— *Oh my God !* s'exclame Rosie, émerveillée devant le trésor de ses grands-parents.

Les trois autres membres de la famille s'approchent. Ils ne peuvent retenir leurs larmes. Ces pierres font resurgir un passé tragique et en même temps, elles apportent l'apaisement en mettant la famille à l'abri du besoin pour plusieurs décennies. C'est un doux mélange de joie, de tendresse et de reconnaissance qui submerge les quatre vieux descendants. L'assistance se lève et applaudit respectueusement.

— Voilà, la boucle est bouclée. Je n'oublierai jamais de ma vie ce moment, souffle Jeanne, la gorge nouée.

— Nous sommes chanceux de vivre ce moment unique et historique, ajoute Théo.

Après tant d'émotions, la famille Douglas invite tout le monde à se servir un rafraîchissement. Les 5.sets s'avancent vers le buffet. Vince se sert le premier, en gourmand qui se respecte, et s'en va explorer la pièce.

— Venez voir les copains, il y a un superbe tableau du *Titanic* accroché au mur.

Les quatre autres s'approchent de la peinture qui représente le paquebot dans le port de Southampton, en Angleterre, quelques jours avant son funeste voyage.

— Et là, incroyable : regardez la signature, en bas à droite.

— Michael Mac Allister ! répond Julien, ébahi.

— Quelle coïncidence !

— C'est logique, Jeanne. N'oublie pas qu'il était peintre de la Royal Navy.

— Je sais, Théo. Mais c'est quand même fou de le retrouver ici, chez les Douglas. Parfois les destins se croisent et réservent plein de surprises.

Harrison, le plus jeune des descendants, s'approche des enfants, les voyant intéressés par le tableau.

— Cette toile a été offerte à ma grand-mère par la Royal Navy à la suite du naufrage du *Titanic*. Son peintre était très talentueux. Malheureusement, ce pauvre homme a eu la même destinée que mon grand-père car il a lui aussi péri en mer, très jeune.

— On le connaît ! répond Ian en anglais.

— C'est vrai ?

— Oh oui ! C'est une longue histoire, Monsieur Douglas.

— Et bien, si vous êtes intéressés par son travail, venez me rendre visite dans ma galerie, située sur Alton Road à Miami Beach. En ce moment, j'expose une collection de vingt de ses peintures, prêtées par la Royal Navy.

— Mais, c'est formidable ! s'écrie Julien.

— Bien sûr, M. Douglas, nous passerons les voir et nous vous raconterons de quelle manière nous avons découvert l'existence de ce peintre. On vous réserve de belles surprises, déclare Ian en faisant un clin d'œil au vieux monsieur.

— Appelez-moi Harrison. Je suis impatient de vous entendre, jeunes gens. Passez me voir très vite.

Il est 14 heures quand les jeunes quittent la demeure des Douglas. Il est temps de les laisser savourer ce magnifique moment en famille. De retour chez les Gibson, c'est l'heure aussi de la séparation avec Philippe Dufour et Simon Jefferson.

— Il vous reste quelques jours à Miami avant votre retour en France. Qu'avez-vous au programme ? demande l'inspecteur aux jeunes.

— On va profiter à fond de la plage et se faire de belles parties de tennis. N'est-ce pas les copains ? demande Vince.

— Perso, j'ai bien envie de retourner dans les Everglades, c'était génial et j'aimerais refaire de l'airboat... mais en toute tranquillité cette fois, ricane Théo.

— Moi, Martine a promis de m'apprendre à soigner les pélicans de la clinique, dit Jeanne.

— Je constate que vous allez passer du bon temps. Profitez de cette belle région avant de rentrer au pays. Pour ma part, je prends l'avion demain matin vers Paris. Je compte sur vous pour rester tranquilles jusqu'à votre retour, sermonne l'inspecteur.

— Les *kids*, j'ai un petit cadeau d'adieu pour vous.

Notre course-poursuite en airboat a été filmée par un des drones. On vous voit sauter à l'eau, comme des héros. Tenez, tout est sur cette clé USB. Vous pourrez montrer ça à vos copains à la rentrée !

— *Oh, Yes ! Thanks, inspector Jefferson.*

Le van démarre et laisse les cinq ados profiter de leurs derniers moments de vacances, avant le retour en France vers de nouvelles aventures

Table des matières

DOSSIER CONFIDENTIEL

Christine LE DÉROUT

* Passionnée de sport et de voyages
* Adore s'évader dans l'imaginaire
* Vit à Quimper (29) ! (adresse en cours de recherche)

* A créé 4 jeunes héros, accros aux sms, qui n'ont pas froid aux yeux !
Sont copains depuis les courts de tennis
⟶ les 4.Sets

A déjà commis :

Complot sur l'Open

pièce à conviction n° 1

Résumé officiel :

L'Open de tennis, c'est l'événement sportif de l'année ! Théo et ses amis y sont ramasseurs de balles aux côtés des pros de la raquette pendant toute une semaine. Mais c'est sans compter deux juges de ligne très louches qui complotent un mauvais coup...

Les Pilleurs d'épaves

pièce à conviction n° 2

Résumé officiel :

En vacances à la mer chez les grands-parents de Théo, les 4.sets aperçoivent des individus très louches, équipés de bouteilles d'oxygène et de combinaisons de plongée... Alors qu'ils disparaissent dans un passage secret, les 4 amis comprennent que leur séjour ne sera pas de tout repos !

Imprimé en France par CPI, Saint-Amand-Montrond
N° d'impression : 2028466
Dépôt légal : 1er trimestre 2017